시를 쓰고 싶으시다고요

시를 쓰고 싶으시다고요

김복희
산문집

이제 무엇이든
쓸 수 있습니다

좋아하는 마음만
가지고 오세요

차 례

1부 아끼지 말고 꺼내세요

2부 모험가들에게

3부 나는 금붕어를 주었는데 너는 개구리를 받았네

1부

아끼지 말고 꺼내세요

나를 닮았지만 나는 아닌

나는 쓸 때 가장 자유롭지만 내가 쓴 것으로부터는 자유롭지 않다. 이것을 첫 시집으로 배웠다. 첫 시집은 여러 방향으로 길고 짧은 그림자를 만들어내는 조명 같다. 태양이나 달과 달리 상시로 나를 따라다니진 않는다. 첫 시집은 나를 시인으로서 알아보는 사람들이 있을 때 문득 켜지는 인공적인 조명이다. 이 조명은 켜지는 장소와 시간에 따라 나의 얼굴에 그림자를 드리우고 내 표정을 조정한다. 그 표정들은 나인가?

그렇기도 하고 아니기도 하다. 조명은 나를 시인으로서 알아보는 사람이 내게 내 첫 시집에 대해서 물을 때 더 강렬해진다. 나는 무대 위에 오른 배우처럼, 그러면서도 그 배우의 연기를 지켜보는 관객처럼 기묘한 느낌에 사로잡힌다.

나는 내가 쓴 시들을 읽을 때, 내가 연기하는 어떤 인물들을, 혹은 극을 관람하는 느낌에 빠져들곤 한다. 내 시들은 전부 나의 피와 살을 이용해 태어났지만 나 자신은 아니다. 이것은 첫 시집에 실린 시들을 쓴 이후로 내내 알고 있는 사실이다.

첫 시집 출간을 앞두고 몇몇 사람들이 내게 말해주었다. 첫 시집은 특별한 것이라고. 첫 책은 다시없이 남다른 것이라고. 나는 그 말을 온전히 받아들였다.

나는 2015년에 등단했고 2018년에 첫 시집을 출간했다. 첫 시집 『내가 사랑하는 나의 새 인간』에 실린 시는 50여 편이 조금 넘는다. 등단 전부터 쓰기 시작해서 등단 후 완성한 시들도 꽤 실려 있다. 나는 퇴고를 꽤 오래 하는 편이라(심한 경우 완성하기까지 6여 년이 걸린 시도 있다) 발표작 대부분을 별다른 수정 없이 시집에 실었다. 한 편당 들인 시간이야 어쨌든 그 시들은 모두 어떤 계획도 질서도 없이 그때그때의 내가 최대한으로 휘둘렸던 대부분의 것이 담겨 있다. 나와 무관해 보이는 시에도, 내 체험이 담겨 있다는 뜻이다.

나의 시들은 체험이 내 내부로 들어가 나를 충분히 흔들고 나서야 제 형상을 보였다.

내가 감추고 싶었던 것마저도, 감추고 있다는 티를 내면서 멋대로 새어나와 시가 되었다. 체험이란 구상인 줄 알았는데 추상이었다. 추상이자 무정형이었으므로 체험은 나의 시로 새어나올 수 있었던 것이었다. 체험이 한 편의 시가 될 때마다, 그러니까 내가 한 편의 시를 쓸 때마다 나는 그 시를 쓰기 이전의 나와는 미묘하게 다른 사람이 되어 이전의 나를 낯설게 여겨야만 했다. 이해하지 못한 많은 일들이 언어가 되어 나를 끌고 나아가는 것 같았다.

내가 쓴 시를 읽으며, 나는 나이면서 내가 아닌 사람으로서, 내가 이해할 수 없던 '나'를 추체험했다. 나는 한 번도 시보다 먼저 있던 사람이 아니었다.

돌이켜보자면 내 첫 시집은 '나'가 '내 현실'을 '본다'는 것을 납득하고 수용하는 데 들인 노력의 난장판이다. 더럽고 산만하지만 사치스럽고 순진하기까지 하다. 보이는 것을 보지 않으려고 하거나 본 것을 의지하거나 본 것을 짓밟고 보이는 것에 흔들리던 내가 보인다. 사실 첫 시집을 읽으면 읽어볼수록, 시를 쓰던 나 자신이 생생히 보인다. 자신이 본 현실을 그리면서 어떻게 자유로울 수 있는가, 혹은 자신의 현실을 어떻게 자유롭게 만들어갈 것인가 등등 현실과 나에 대한 고민이.

등단 전부터 첫 시집을 묶기까지, 내내 내가 새기던 말이 있었다. 그것은 프리다 칼로의 "나는 내 현실을 그린다"라는 말이었다. 프리다 칼로의 도판이 작은 사이즈로 빽빽하게 들어간 얇은 책을 손닿는 데 두고 아무때나 아무 페이지나 종종 펼쳐보곤 했다.

"나는 내 현실을 그린다."

사실 이 말은 무척 무서운 말이었다. 내가 무엇을 내 현실로 그릴지 선택할 수 없었기 때문이다.

나는 내가 체험한 것, 즉 내가 본 것—혹은 보지 못한 것—이 내 현실로서 고스란히 내가 쓴 모든 것에 드러날 것이라는 사실을 이해했다. 내가 내 체험을 현실로서 가공할 수 있다는 사실을 이해했다. 그리하여 내가 그리는 현실이 한 개인의 주관적인 시선으로부터 비롯된다는 사실을 이해했다. 그래서 그 현실이 무용하기 그지없을 수도 있으며 때로 해롭기까지 할 수도 있음을 이해했다. 그럼에도 불구하고 내 현실을 써야 한다면, 쓰고 싶다면, 쓸 수 있다면 결국 써야 한다는 사실을 이해했다. 마침내 내가 쓴 것이 조명이 되어 나를 따라다닐 거라는 사실을 이해했다. 내가 만든 시가 무방비하게 나를 발가벗겨 무대 위로 끌어올리더라도,

시가 자신이 '무대'임을 보증함으로써 '나'를 보호해줄 것이라는 이상한 사실마저도 이해했다.

시쓰기를 통해서 나는 현실과 언어를 이해했고, 이 이해 속에서 고독했지만 즐거웠다. 때마다의 내가 할 수 있는 최대한의 언어를 구사하는 일은 시를 쓰며 내가 진정으로 누릴 수 있던 자유였다. 나를 닮았지만 나는 아닌 나의 시들은 첫 시집에 고스란히 담겨 있다. 그들은 나의 부분들이지만 나보다 크며 나보다 섬세하다.

그래서 나는 내 첫 시집이 여전히 새롭다. 내가 쓴 것임에도 불구하고 내가 쓴 것 같지 않다. 외울 정도로 퇴고를 본 시더라도, 이건 이런 것이었나, 저건 저런 것이었나, 멀찌감치 내 시로부터 떨어져 그것을 해석하고 놀라기도 한다.

좋다,
신기하다 말고

"생은 언제나 예측불허, 그리하여 생은 그 의미를 갖는다."

만화 『아르미안의 네 딸들』(신일숙)을 관통하는 문장이다. 기원전 5세기경 아르미안이라는 가상의 왕국을 무대로 마누아, 스와르다, 아스파샤, 샤르휘나라는 네 자매의 운명을 그린 이 만화는 1986년에 연재를 시작했다. 내가 『아르미안의 네 딸들』을 처음 본 건 이미 이 만화가 완결된 이후였다.

나라는 사람에 대해 글을 쓸 수 없는 사람이라고, 특히 시라는 것은 쓸 수 없는 사람이라고 오래 규정해왔다. 나는 어려서부터 집중력이 부족해 진득하게 한자리에 앉아 몰두하지 못하는 사람이었다. 게다가 시인에 대한 온갖 낭만적 신화를 들어왔던 통에 시는 태어날 때부터 감성이 풍부한 사람이 모종의 계시를 받아야만 쓸 수 있는 것이라고 생각했던 것 같다. 시인을 도무지 상종 못할 족속이라고 은근히 기피했던 것도 한몫했다(지금은 일정 비율로 어떤 직업군에나, 어떤 무리에나 상종 못할 족속이 있다고 생각한다).

그랬는데, 이렇게 됐다. 이러고 있다.

저 만화를 읽던 당시의 나는 삼십대의 내가 어떤 사람으로 살고 있을지 전혀 상상하지 못했다. 저 만화책을 만났던 시기, 스무살의 나는 별로 하고 싶은 것이 없었다. 좋아하는 영화를 보거나 만화책을 보거나 소설을 읽을 수 있다면 그것으로 족했다. 삼십대 즈음엔 대충 주변에 있는 다른 사람들—주로 나의 여자 친척들—처럼 살겠거니 생각했다. 피를 나눈 사람들 중에서는 문학을 하는 사람이 단 하나도 없었다. 공부를 하는 사람도 없었고. 그러니까, 나는 나와 닮은 어른들의 삶을 보며, 미래의 내가 시를 쓰고 있을 것이라고는 일말의 상상도 하지 못했던 것이다. 다만 막연히 글 가까이 있는 어떤 사람, 문학 혹은 활자 근처의 어떤 일을 할 수 있다면 좋겠다 생각했고, 그도 어렵다면 정시 출근과 정시 퇴근이 가능한 일을 하고 여가 시간엔 최대한 책을 많이 읽는 사람이 되고 싶다, 그 정도의 생각뿐이었다.

그런데 삼십대의 나는 문학을 하고 있다. 시를 공부해서 문학박사 학위를 받았고, 심지어 시라는 걸 쓰고 있다. 벌써 시집도 세 권이나 냈다. 게다가 내 시를 좋아한다는 독자들도 있다. 제법 드라마틱하지 않은가.

독자라니.

내게 독자가 있다니. 다시 생각해도 놀라운 일이다. 2000년의 내게, 혹은 2010년의 내게 2020년 이후의 나에 대해 말해줄 마음은 없다. 어디 한번 실컷 모르다가 나중에 만나봐라 이런 마음이다. 어쩌면 지금, 시인이 되고 제일 신기한 점은 시를 씀으로 인해 생각보다 많은 사람을 만나게 됐다는 점일 것이다. 출판관계자나 편집자, 다른 작가들도 만났지만 내가 정말 신기하게 생각하는 것은 시를 쓰는 사람들, 시를 읽는 사람들을 정말 많이 만났다—평소 내 인간관계의 협소함을 생각해보면 짧은 시간 내에 정말 놀라울 정도로 사람을 많이 만났다고 자평하고 있다—는 점이다. 시를 쓰는 일을 하노라면 사람을 안 만날 것 같았는데, 시를 안 쓸 때보다 사람을 더 많이 만났다. 그들은 내가 시를 쓰지 않았더라면 절대로 만날 수 없을 것 같은 사람들이었다.

시를 쓰며 내가 지금껏 만난 그들은 멋진 독자들이기도 했지만, 창작자들이기도 했다. 나는 그들을 만난 것이 무엇보다 내가 시를 쓰며 마주한 가장 놀라운, 예측불허의 일이었다고 생각한다. 그리고 2030년 이후의 그들은 또 어떨까 이제 생각해본다. 종종 진행했던 시 창작 클래스에 왔던, 지금 고등학교에서 내게 시쓰기를 배우고 있는, 내 시를 읽고 나를 만났던 그들 모두—나를 포함하여— 2030년이 지나서도 계속 시를 쓰고 있을까? 그들도 나처럼 생에 예측불허한 일로 시를 어쩌다 쓰게 되었을 텐데, 그리고 어쩌다 나를 만났을 텐데, 나를 잊을 수는 있겠지만 시를 쓰던 본인을 잊을 수는 없을 테니 계속 시를 쓰지 않을까. 그런 생각. 그리고 우리가 살아 있어서, 게다가 그들이 쓰고 있을 때 나도 쓰고 있어서, 우리가 또 시 쓰는 사람들로 서로 만날 수 있을까. 그런 생각.

이것은
예상도 아니고, 소망도 아니다.
희망을 품을 일도 아니고, 지레 절망할 일도 아니다.

뭐라고 해야 하나. 예측 불가능하기에 그냥 상상해보는 것이다. 나는 시 쓰는 이들이 품고 있던 기묘한 에너지가 좋았다. 내가 모르던 그들의 지난 시간을 엿보는 게 좋았다. 그들이 스스로를 모르는 만큼 나 역시 그들을 다 알 순 없었지만, 그들의 불안하게 떨리는 목소리라든가, 그들의 꾸민 말, 꾸미지 못한 말, 그들의 깨진 무릎, 까매진 팔꿈치, 없어진 표정, 새로 생긴 표정 등등을 보며 그들이 써온 시를 읽었다.

그들은 알까. 내가 당신들이 계속 쓰고 읽기를 은근히 바란다는 사실을. 대신 나의 격려나 나의 칭찬 때문이 아니라, 순전히 당신들 예측불허한 생으로 인해 그러기를 바란다는 사실을.

그들이 계속 쓰기를 바란다. 오늘 쓴 것이 아주 별로일 수 있고, 영 마음에 안 들 수도 있다. 그렇지만 2030년이 지나도 그들이 계속 쓰고 있다면 나로서는 그들의 시를 읽고 싶어질 게 분명하다. 내가 그러했듯이 그들도 그들의 독자를 만날 수 있었으면 좋겠다. 그리고 그게 어떤 기분인지 같이 이야기를 나누고 싶다. '좋다, 신기하다' 외의 다른 이야기를.

생은 언제나 예측불허다. 그들 생의 의미로, 그들처럼 읽고 쓰는 사람이 있어서 2030년의 세상이 생각보다 괜찮을 수도 있지 않을까. 그러니까 2030년에도 다들 쓰기를.

당신만을 위한 얼굴을 마주한다면

예를 들어 한 얼굴이 있다고 치자. 그 얼굴은 당신을 만나기 위해 생겨난 얼굴이다. 그런데 그 얼굴에 당신의 손으로 낸 흉터가 보인다. 그렇다면 당신은 당신이 완성시킨 그 얼굴을 마주볼 수 있을까.

보이는 것은 보이지 않는 모든 것의 증거다. 모든 흉터에는 아직 끝나지 않은 이야기가 있다.

이런 이야기가 하나 있다.

옛날 옛적, 저잣거리에 어떤 젊은 남자가 지나가는 중이다. 그런데 그 남자는 과거에 몇 차례나 떨어진 상태다. 울적한 그 남자에게 한 노인—스님인가—이 갑자기 점을 봐준다. 머지않아 당신은 입신양명을 할 것이라고. 그리고 어떤 여인의 등에 업혀 있는, 세상모르고 잠든 아기를 가리키며, 저기 강보에 업혀 있는 갓난쟁이가 당신의 배필이 될 거라고.

남자는 아기가 바로 당장 그 자신과 혼인을 한다는 것으로 노인의 말을 이해한다. 남자는 노인에게 화를 내며 그럴 리가 없다고 점괘를 부정하지만, 그 노인은 들은 둥 만 둥 홀연히 사라져버린다. 엉겁결에 한 스무 살—혹은 그 이상—차이가 지는 여자아기가 당신의 피할 수 없는 짝이라는 예언을 들은 이 남자는 어떤 짓을 한다.

그 잠든 아기에게 달려가 아기의 얼굴 반쪽을 칼로 그어놓은 것이다.

남자는 아기를 죽이려고 한 것 같다. 처음에 이 이야기를 읽었을 때 나는 무척 혼란스러웠다. 낯선 남자가—그것도 거의 스무 살 이상 차이가 지는—겨우 울기나 할 줄 아는 갓난쟁이의 얼굴에 칼을 깊게 그어내리는 이미지는 아무리 이해해보려 해도 내 이해의 범주 바깥에 있었다. 서술자의 태도도 이해하기 어려웠다. 남자에게는 아무런 잘못도 없는 것처럼, 남자의 영아 살해 시도를 반드시 일어나야 할 운명적 사건처럼 서술하고 있었기 때문이었다.

아기에게 칼을 휘두른 남자는 저잣거리 인파에 숨어 도망친다.

그리고 세월이 지난다. 그야말로 쏜살같이.

남자는 자신이 저지른 일을 새카맣게 잊어버린다. 예언대로 입신양명은 했으나 홀몸—결혼을 몇 차례 했는데 부인들이 빨리 죽어 자식을 남기지 못한 것으로 알고 있다—으로 가정은 이루지 못한 채 남자는 살아간다. 그러다가 어느 날 남자는 어떤 고을에 수령으로 부임한다. 그 고을은 전쟁통에 난리가 나서 수많은 사람들이 포로로 잡혀가거나 죽어 인구수가 급감한 흉흉한 곳이었다. 거기서 이 남자는 새색시를 맞이하게 된다. 용케 포로로 잡혀가지 않은 한 젊은 여자가 나이 차이가 무척 많이 나는 홀아비 수령의 신방에 와 앉아 있는 것이다.

호롱불 아래 여자의 모습을 장황하게 묘사한 부분이 이어진다. 여인의 자태가 어떻고 맵시가 어떻고. 그런데 고개를 든 새색시의 너무너무 아름다운 오른쪽 얼굴과 달리 깊고 큰 흉터가 자리한 왼쪽 얼굴이, 그 비대칭성이 남자를 놀래킨다. 남자는 놀란 마음을 진정시키며 여자의 사연을 묻는다. 여자는 차분하다. 여자는 자신이 아기였을 때 유모의 등에 업혀 있던 자신에게 괴한이 달려들어 얼굴에 상처를 내고 도망하였다고 답한다.

여자는 이 이야기를 하며 울거나 웃지 않는다.

이 상처로 인해 죽을 고비를 넘겼으나, 흉측하다는 이유로 전쟁통에 욕을 당하지 않을 수 있었고—딱 이런 표현이었다. 아직도 기억한다. '욕을 당하다'라는 표현의 생경함을—흉측한 반쪽 얼굴 덕에 당신의 부인이 될 수 있었다고, 자신의 내력을 짧게 답한다.

남자는 자신이 죽인 줄 알았던 그 아기가 결국 자신의 짝이 되었음을 깨닫고, 부인의 손을 잡은 채 용서를 빈다. 여기서 이야기는 갑자기 두어 문장으로 마무리된다. 그들이 부부로서 연을 맺어 행복하게 백년해로하고 자식도 많이 낳았다는 것이다.

이 이야기를 '괴담'이라고 해야 할지 '기담'이라고 해야 할지 모르겠다. 도대체 이 이야기가 무엇을 위해 꾸며진 것인지 너무 헷갈린다. 이상야릇한가, 재미있는가, 괴이쩍은가. 공포스러운가. 그 전부인가.

내 기억 속에서 흉터는 지렁이처럼, 지네처럼 여자의 왼쪽 얼굴을 선명하게 가로지르고 있다. 살아 있는 것처럼 여자의 표정에 따라 움직이는 흉터를 나는 그려보곤 했다.

삽화가 없는 책이었음에도 불구하고 그 흉터는 내게 선명한 잔상을 남겼다. 명백하게 남자를 중심으로 진행되는 이야기였는데—그것은 남자가 이 이야기의 주인공이란 뜻이었다—나는 그 여자의 모든 것이 궁금했다. 아기를 향해 달려드는 남자의 비루한 마음은 궁금하지 않았다. 그러나 흉터를 가진 채 자라나, 남자가 자신의 잘못을 털어놓았을 때 비로소 자신의 생사를 좌지우지했던, 칼을 든 손아귀에서 놓여나는 여자의 표정은 궁금했다. 자신의 불행의 이유를 마침내 알게 된 순간과 자신에게 큰 상처를 남긴 남자의 아이를 낳고 기르는 여자의 표정이 나는 알고 싶었다. 그때도 계속 여자의 얼굴에서 움직이고 있을 흉터가 말이다.

애초에 영유아를 대상으로 칼을 휘두른다는 것부터가 문제적이지 않나 하는 문제를 모른 척하고, 주인공 남자의 입장에서, 치명적인 상처를 낸 사람이 후일 그것을 반성하고 보상한다는 식으로—결혼이 보상인가?—이야기를 읽어낼 수도 있기는 있다. 어쩌면 백 번 천 번 양보해서 여자의 입장에서, 치명적인 상처도 인생사 새옹지마라고 생존에 도움이 된다는 식으로 읽을 수도 있다. 이 이야기를 꾸며낸 사람들의 입장에서, 예정된 운명은 거역할 수 없다는 은유로 읽을 수 있기도 하다.

운명은 기이한 것이고 모를 것이라고 결론 내리는 것. 운명은 인간의 머리로는 이해할 수 없다고 말하는 것. 그래 좋다. 하지만 그렇다손 치더라도, 살을 부대끼고 피를 보는 것은 실제 사람이 하는 것이니,

성별을,

인간의 몸을,

분노나 경멸의 표정을 자꾸 부여하게 되는 것이다. 여자가 흉이 깊은 얼굴을 하고 자신의 소녀 시절을 보내는 장면을 상상하지 않고는 배길 수가 없는 것이다.

큰 고통을 안긴 이를 용서하는—어쩌면 순응하려는—마음을 나는 짐작하기 어렵다—이것을 사랑이라고도 하더라만은, 이 이야기에 사랑이 있나?. 참, 세상에는 있을 수 없는 일이 없다는 것을 이제는 제법 알게 되었다고 생각했는데, 실제로 있을 수 없는 일이 일어나는 것과 비등하게, 있을 수 없는 일을 목격해도 그것을 이해하지 못해 이렇게 매여 사는 사람이 하나 있다. 운명이라는 말은 흉터라는 실재에 비해 가끔 너무 쉽다.

상대적으로 불변하는 연못

저는 내면과 외부가 실상 분리되지 않은 세계에서 삽니다.

내가 울면 무지개 연못에 비가 오고…… 그러는 것은 아니지만, 내가 울면 무지개 연못에 비가 오는 것은 아닐까라고 걱정하는 이의 마음은 제법 알겠다는 것입니다. 그래서 울지 말아야지, 무지개 연못이 때아닌 비로 범람하면 모두가 크게 힘들지도 몰라라고 지레 짐작하는 이의 마음은 가늠할 수 있을 것 같습니다. 더불어, 사람들이 내가 울어서 비가 온 걸 알고 나를 미워하면 어떡하지라고 슬그머니 기어들어오는 불안의 기미를 품는 이도 있을 수 있다는 걸, 그게 당연한 기분은 아니지만, 그런 기분을

1순위로 느껴서 최대한 울지 않으려고 노력하는 사람도 있다는 걸, 압니다. 그럼에도 불구하고 눈물이 터져나오는, 상태도 알지요.

언제부터 이런 세계에 살게 됐을까요.

확실히, 개구리 소년을 친구로 맞이한 그 처음 순간부터 거기 살았던 것은 아닙니다. 언젠가 참여한 대구의 차방책방 북토크에서도 한 번 말한 적이 있는데, 저는 타인의 감정을 헤아리는 데 상당히 느린 편입니다. 감정의 표현이 어색하거나 불편하다는 것이 아니라, 특정 상황에서 왜 감정을 표현해야 하는지를 납득하지 못하는 편에 가깝습니다. 해서 의도한 것은 아니었지만 사람들에게 종종 상처를 입히곤 했습니다. 음, 오해의 소지가 있을 수 있으니, 조금 더 말해보자면, 저는 모든 사람이 동등한 감정 표현의 기질을 갖고 있지 않다고 생각합니다. 양의 많고 적음이 아니라, 방식이 다 다르다고 생각하는 것입니다. 예를 들자면 저는 '호감'이라는 감정이 있다고 가정할 때, 그것에 대해 강렬한 표현이나 희박한 표현보다, 보통의 사람들이 동의하는 상식적인 평균값—그런 것이 있나요? 혹시 이미 이런 일반값을 상정한다는 것부터 잘못된 것일까요……—과 그 감정표현에 기반한 의사소통 방식에 상당한 흥미가 있습니다. 더 구체적으로 예를 들자면, "널 좋아해"라고 상대방이 말하면 "응, 그래"라고 대답하는 사람이 바로…… 저입니다. 그리고 되묻죠. "그래서?"라고. 상식적인 반응이라면 "응, 고마워, 나도 널 좋아해"라거나 "나는 널 좋아하지 않아" 등등 상대방의 좋아함이라는 감정을 중심에 두고 그 감정이 내게도 있는가 없는가에 중점을 둔, 대답을 해야 한다고 하더군요. 그리고 비언어적 의사소통의 요소로서 미소나 찡그림 등등의 얼굴 표정을 함께 곁들여야 한다고 합니다.

어려서부터 문학작품을 꾸준히 읽은 것은 순전히 재미가 있어서이기도 했지만, 도대체 감정이 무엇인지, 사람은 특정 상황에 어떤 감정을 느끼는지 상식적인 선과 비상식적인 선 모두 알고 싶다는 욕구도 한몫했습니다. 감정에 대한 이해가 느린 대신 저는 호기심이 아주 강했습니다. 그러나 겁도 많아서 직접 인간들 틈으로 뛰어들 엄두는 내지 못했고, 책 속으로 뛰어든 것이지요. (지금 저는 의도적으로 감정과 감정 표현을 구분 짓지 않고 있는데요, 사실 그 둘의 차이도 여전히 헷갈리기 때문입니다. 감정 표현이 곧 감정이라고 믿지 않지만, 감정을 표현하면 그 감정이 생겨난다는 믿음에서도 벗어날 수 없어서요.)

여하간 감정에 관한 것이라면, 영화나 연극 등등의 여타 장르도 있었는데요, 문학이야말로 영화나 연극 등과 달리 장소와 시간에 구애받지 않았으며, 비용이 많이 들지도 않았기에, 제게는 접근성이 높은 장르였습니다. 그리하여 저는 책을 읽으며 감정을 배우기 시작했을 것입니다. 무지개 연못에 비가 왔을 때 제가 느껴야 마땅할 감정이 아니라, 무지개 연못에 비가 왔을 때 다른 사람들이 느끼는 다채로운 감정들에 대해서요.

그러나 많이 읽는다는 것이 반드시 세계—와 인간—에 대한 이해의 폭이 넓어지는 데 획기적인 기여를 하지는 않았습니다. 책을 많이 읽었지만, 저는 늘 어떤 연못 속에만 있었습니다. 바로 '나'라는 연못이었지요. 아늑한 연못에 비치는 풍경은 아름답긴 했지만, 좁고 얕았지요. 저는 오랫동안 소설책만을 골라 읽어왔는데 독해법을 따로 배우지 않았던 터라 그랬는지, 모든 독해 방식이 이 모양이었습니다. "나라면 그러지 않았을 거야." "나는 이 등장인물이 이해되지 않아." "나는 이 등장인물이 싫어." "나는 이 등장인물처럼 할 거야" 등등. 모든 독서가 전부 '나'로 통했습니다.

감정을 표현할 수 있는 다채로운 형용사를 차곡차곡 쌓았지만—이 글을 읽으시는 분들이 아시다시피 형용사가 감정을 전부 담을 수 있는 언어는 아닙니다—그것으로 결국 한 것은 연못에 담을 높여, 우물을 만든 것뿐이었지요. 뭐 특이하고 아름다운 연못 겸 우물이 되기는 했는데, 썩 답답하고, 지루하고 그랬지요. 나름 노력했는데, 역시 나는 안 되는 사람인가, 그런 생각도 많이 했습니다. 책으로 열심히 배웠는데도 불구하고 사람들과의 감정 기반 의사소통이 영 어려웠기 때문입니다. 분명 배운 대로 했는데(!) 좋지 않은 결과를 잔뜩 얻었습니다. 그러나 돌이켜보면 좋지 않은 결과를 얻을 수밖에 없었겠죠. '나'로만 배운 감정들이었으니까요. 전부 '나'였던 독서는, 나에게도 나를 사랑하는 사람들에게도 좋지만은 않았죠. 상당히.

그러다 시를 쓰게 되었고, 시를 읽게도 되었습니다.

소설만 읽다가 시를 읽으니, 아주 다르더군요. 특히 감정이라는 것이, 생각과, 혹은 감각과, 느낌과, 그리고 세계와 연결되어 있다는 것이 실체로 와닿았습니다. 감정들이 자유롭게 저를 세계로 초대했습니다. 그제서야 감정에 얹히는 언어가 형용사만이 아님을 납득하게 되었고, 저는 즐겁게 우물을 허물 수 있었습니다. 제 손으로 긴 시간 들여 만든 것을 정성스레 파괴하는 짜릿함을 시를 쓰며 느껴본 것입니다. 감정이란 참, 재미있고, 순간적인 것이기도 했지만, 지속 불가능한 어떤 것도 아니었습니다. 한 편 한 편마다 단일한 감정이 담기는 것도 아니었고요.

그렇습니다.

시를 쓰면서 저는 만인을 들일 만한 연못은 아니지만, 찰랑거리는 세계를 얻었습니다. 감정과 세계를 분리할 필요 없는 삶을요.

여름의 발
: 이미지에 대하여

여름이었을 것이다. 여름 체육복을 입고 있었다. 그날은 체력장—지금도 있나요?—이 있는 날이었다. 체육복을 입고 하루종일 수업 없이, 몸무게와 키를 재고 유연성을 재고 오래달리기를 하고 멀리뛰기를 하는, 느슨한 날이었다. 나는 친구 앞에 앉아서 다리를 쭉 뻗고 있다. 어째서 일이 그렇게 되었는지는 기억나지 않지만, 그 친구가 교실 벽에 기댄 채 내 발을 주무르고 있다. 아주 정성껏. 양말을 신지 않은 나의 맨발을.

그 친구는 눈썹이 아주 짙고, 콧대가 조금 낮고 머리숱이 아주 많았다. 앞니가 살짝 벌어져 있어서 이가 보일 때 묘하게 귀여운 느낌이 들었다. 피부는 건조해 보이는 흰색, 키는 나보다 조금 컸던 것 같다. 말랐고, 웃을 때는 항상 입을 손으로 가리고 웃었다. 웃음소리가 작았다. 목소리도 작았고. 그래서 콧등에 세로로 잘게 지던 주름과 옅은 갈색 주근깨가 움직이는 것으로 그가 웃고 있다는 것을 알았다. 우리가 친했던가? 잘 기억이 나지 않는다. 여하간 그가 내 맨발을 정성껏 주물러주고 있다. 조금 아픈 것도 같았지만 괜찮았다.

나 잘하지.

어, 잘한다.

시원하지.

어, 시원해.

나는 그게 이상하지 않았다. 양말을 벗고 양발을 쭉 편 것이. 친구의 손을 믿는 것이. 평소에 별로 말도 해보지 않은 친구가 내 발을 하나씩 하나씩 한참 걸려 주물러준 것이. 그날 그는 두 손을 모두 내 발을 주무르는 데 쓰고 있어서, 웃을 때 입을 가릴 수 없었을 것이다.

같은 날은 아니었지만, 이날 또한 여름이었다. 선풍기가 돌아가고 있었다. 열린 창밖에는 초록색이 가득했고, 매캐한 쓰레기 태우는 냄새 같은 게 희미하게 풍겼다. 예전엔 학교마다 쓰레기 소각장 같은 게 있었다. 거기서 오늘도 쓰레기를 태우고 있었던 게 분명했다(때문에 늘 학교 하면 떠오르는 것은 매캐한 쓰레기 타는 냄새다). 여하간, 그런 여름, 가정 선생님이 초록색 칠판 앞에 서 있다. 그는 교탁에 두 손을 짚은 채 자신을 사로잡고 있던 유년 시절의 어떤 이미지에 대해서 이야기를 하고 있다. 우리가 거기 없는 것처럼.

그는 이야기한다.

우리집은 말이야. 어머니가 매일 퇴근한 아버지 발을 씻겨주셨는데 말이야.

양철 대야에 물을 받아서 말없이 씻겨주셨어.

나는 그게 이상했다. 정확히 말하면, 우리에게 그 말을 하는 가정 선생님의 표정이 무척 묘하게 느껴졌다. 우리에게 자신의 이야기를 들려주는 게 아니라, 혼잣말을 하는 것처럼 보였기 때문이었다.

그는 사투리를 쓰지 않고 텔레비전에 나오는 드라마 주인공들처럼 표준어를 구사하는 사람이었다. 그는 월요일 가정 시간마다 늘, 하루나 이틀을 남편과 아이와 지내기 위해 주말마다 멀리 왕복운전을 해야 하는 자신의 처지에 대해 몇몇 디테일을 채워 늘어놓곤 했다. 도로가 얼마나 구불구불한지, 우리가 다니는 학교—자신이 지금 근무하는 학교—가 얼마나 산간벽지에 있는지, 아이를 낳고 나서는 손발이 잘 부어서 운전이 얼마나 힘든지, 지금 신는 신발 치수가 결혼 전보다 두 치수 이상 크다든지. 그런데……

그날은 저런 이야기를 했던 것이다. 어린 날 그의 부모의 이야기가, 조금 졸려오던 한낮 여름 교실에서 불쑥 튀어나왔다. 그는 자신이 꺼낸 이야기에 어떤 해석도 덧붙이지 않았다. 실수처럼, 한숨처럼 지나가듯 나온 이야기였다.

그 이야기를 하면서 멍하니 교실의 한 점을 보듯이 허공을 보는 그의 얼굴 표정이 신비로워서 마치 나는 내가 그라도 된 것처럼, 어린 그가 바라보던, 그의 아버지의 퇴근 장면이 눈에 선한 것 같았다. 지금은 이름도 기억이 나지 않는 선생님인데, 지금도 결이 가느다란 짧은 머리에 도수가 높은 동그란 금테 안경을 낀, 턱이 약간 주걱 모양인, 입술이 작고 피부가 희고 손발이 통통한, 그러면서 느릿느릿 걷는 사람을 보면 그 선생님과 그날의 이야기가 떠오른다. 우리를 사라지게 만들고 혼자 멀리 다른 곳에 있던 그 표정도.

그리고 다시 내 발을 주물러주던 친구.

체력장을 치른 이후로도 종종 친구는 내 발을 주물러주었다. 그러나 그는 내게 자신의 발을 보여준 적이 없다.

발 주물러줄까.

그래라.

그러고는 나는 가만히 양말을 벗고 발을 한 쪽씩 맡겼다. 친구가 내 발을 주물러주는 동안 대화를 나눴던 기억은 나지 않는다. 나는 친구에게 발을 맡겨놓고 졸거나, 열중한 듯 내 발을 보고 있는 그 정수리 아래서 친구의 흰 손이 살짝살짝 드러나는 걸 지켜보았다. 정수리의 머리카락이 정말 까맣고 많았던 것이 그가 등지고 있던 흰 교실 벽을 배경으로 떠오른다. 이상하다는 느낌은 피어오르는데 불쾌한 느낌은 없이, 친구와 선생님, 두 사람이 그 교실과 겹쳐 떠오르는 것이다. 종종.

시는 이미지라니까, 나는 저 두 이미지를 머릿속에 떠올려본다. 어디까지 다가갈 수 있나, 어디까지 멀어져볼 수 있나 거리감을 재보기도 한다.

저 이미지들은 소재와 시점에서 미묘하게 겹치지만 사실 어떤 연관성도 없다. 나에게 와서 유관해졌을 뿐, 그 자체로는 무관하다. 그들의 삶이 내게 와서 미묘하게 겹쳤지만 그들은 그것을 모를 것이다. 이미지는 그냥 스쳐가서 사라지는 것이고, 지금 이 글을 쓰고 있는 '나'라는 인간을 매개로 여기 나타난다.

아무리 생각해도 이미지는 불친절한 것 같다. 아무것도 설명하지 않는다. 삶 같다. 이해하기 어려운 방식으로 시가 된다.

호—시
: 시를 선물하는 일에 대하여

"사람도 다시 꽃처럼 돌아오면 얼마나 좋겠습니까."

영화 〈찬실이는 복도 많지〉(2020)에 나온 시다.

주인공 찬실이 세 들어 사는 집주인 '할머니(윤여정 분)'가 문화센터에서 한글을 배우다가, 숙제로 쓴 것이다. 제목도 없고, 한글 맞춤법도 엉망—화면에는 "사라도 꼬처럼 다시 도라오며능 어마나 조케씁미까"가 적힌 노트가 클로즈업된다—이라서 찬실은 이게 뭐냐며, 하나도 모르겠다며 다소 퉁명스레 말하지만, 조심스럽게 할머니가 쓴 시 노트를 내려놓으며 눈시울을 붉힌다. 할머니는 계속 자신이 "틀렸냐"고 묻는다.

시는 누가 쓰는 것일까?
시는 왜 쓰는 것일까?
시는 어떻게 쓰는 것일까?

이런 생각을 평소에 자주 하진 않는다. 그렇지만 저런 장면 덕분에 돌연 생각해보게 되는 것이다. 영화 〈시〉(2010)에서도 주인공 '양미자(윤정희 분)'가 문화센터를 다니며 한 편의 시(「아네스를 위한 노래」)를 완성해나가는 나날들이 등장한다. 영화의 내용도 느낌도, 영화가 만들어진 시기도, 시를 쓰는 두 사람의 상황도 많이 다르지만, 나는 단 한 편의 시가 완성되는 그 장면들로, 저 질문들을 받아 생각해본다.

시 창작 교실에는 누가 오는가?
시 창작 교실에서 창작되는 시들은 어떤 것들인가?

그래서 불특정 다수를 대상—거의 성인—으로 시 창작 강의를 꾸리기 위해, 강의안을 준비하고 나서, 강의를 하러 가는 첫날, 긴장 속에서 저 장면들을 파편적으로 떠올리곤 한다. 시 창작 교실을 말 그대로 시 창작을 가르치고 배우는 교실이라고 말하는 것은 어쩐지 좀, 사실이긴 하지만 반칙처럼 느껴진다. 시를 한 번도 써보지 않고 살아가던 사람들에게 시 창작이란 무엇처럼 느껴질까. 이 질문을 거친 후 교실로 들어가야 할 것도 같다.

교과 과정이 명확하게 정량화되어 있지 않으므로, 거기는 신비로운 연금술을 연마하는 공간처럼 느껴지기도 한다. 강의계획서를 봐도 '마음을 쓰는 법'이라든지, '일상을 관찰하는 법'이라든지 하는 식으로 두루뭉술하게 서술되어 있는 경우가 많아 도대체, 마음은 뭔지, 일상의 범위는 어디까지인지 생각을 시작해버리는 나 같은 사람의 머리는 터질 지경이 된다. 여하간 눈에 보이는 것만으로 시 창작 교실을 정의하기란 조금 어렵다. 결과물도 눈에 보이는 것이라고는, 오직 한 장, 혹은 두어 장의 종이가 전부니까.

순전히 강사의 취향과 기질과 건강 상태와 수강생들의 기질과 서로 간의 대화, 써온 글이 어울려 발생하는 것이 시 창작 교실이다. 책상과 의자가 없어도 시 창작 교실은 가능하다. 다만 어떤 일도 반복해서 일어나지 않는다.

최소한 내가 경험한 시 창작 교실은 그랬다.

첫 시집을 낸 후, 시 창작 강의를 종종 진행해왔다. 많은 수업들이 기억에 남지만, 코로나19가 지금처럼 극성을 부리기 전

2020년경 선물할 수 있는 시를 쓰자는 수업을 개설해, 혜화의 시집서점 위트 앤 시니컬에서 3회가량 진행한 수업에 대해 이야기하고 싶다. 그 수업은 대상을 특정하여, 그 대상에게 선물할 딱 한 편의 시 완성하기가 목표였다.

나는 그들에게 자신이 가진 가장 귀한 것을 아끼지 말고 선물 받을 사람을 위해 내보이라고 말했다. 내가 좋아하는 사람에게 선물을 할 건데, 아무것이나 줄 수 있겠느냐고, 비싸고 사치스러운 것은 못 해주어도 최소한 그 사람이 좋아할 만한 것, 혹은 그 사람만을 위한 맞춤한 것을 궁리해야 하지 않겠느냐고, 사람에게 가장 값진 것은 시간이니 사랑하는 대상을 위해 시간을 아낌없이 정말로, 아낌없이 쓰지 않겠느냐고 권했다.

결혼을 축하하는 시, 생일을 축하하는 시, 엄마를 위한 시, 아빠를 위한 시, 동생을, 형을, 언니를 위한 시, 친구를 위한 시, 자기 자신을 위한 시,

요컨대 누군가를 좋아하는 마음好을 담아

누군가의 이름을 불러주자고呼

그 시가 서로의 마음에 퍼지도록濩 하자고

수업 이름을 '호—시'라고 지었다.

나는 그 수업의 첫 시간마다 선물하는 좋은 시의 예로, 황인숙

시인의 시 「나의 침울한, 소중한 이여」를 소개했다. 한밤에 좋아하는 사람에게 말이 걸고 싶은데, 이 한밤에 내 소중한 이가 잠들어 있을지도 몰라 갑자기 뛰어갈 수도 없는데, 설령 그이에게 뛰어가더라도 그 곤하고 달콤한 잠을 깨우고 싶지는 않은데, 이봐요, 내가 당신을 이렇게 많이 생각하고 있어서, 무엇을 봐도 당신이 떠올라요, 이렇게 막 고백이라도 하고 싶은 참인데, 비가 와서 드디어 말할 것이 생겨—당신이 비 때문에 깨어준다면 왠지 핑곗거리가 생겨 더 좋고—얼마나 반갑고 좋을까, 그런 마음으로 시를 써보자 권하려고.

돌아올 수 없고, 돌이킬 수 없지만, 무엇이든 다 공유하고 싶고, 무엇이든 좋은 것을 주고 싶어 모든 감각이 예민하게 빛나던 시절, 그 시절을 고스란히 주고 싶은 마음을 담아서.

수업에 온 이들은 거의 시를 처음 써본 이들이었는데, 시쓰기를 낯설어하면서도 무척 행복해하는 듯 보였다. 그중에 한 이가 수업이 끝나고 했던 말을 지금 적는다. 그이는 시를 쓰며 친구에게 하고 싶은 말을, 그토록 정리가 되지 않아 오래 마음에 두던 것을 시로 만들어볼 수 있어서 뜻깊고 좋았다고 털어놓았다. 그는 서로에게 상처를 주면서도 그 상황을 어떻게 해야 할지 몰랐던 한 시절에 대해 썼다. 쓴 시를 아마 당장 전해주지는 못할 것 같지만, 언젠가는 꼭 전해주고 싶다고 했다.

나는 그이가 그 시간에 쓴 시를 친구에게 줄 수 있기를 바라지만, 혹시라도 그 시를 영영 그 친구에게 줄 수 없더라도 괜찮을 것 같다고 생각했다. 이기적이게도 그이가 그 시를 쓰고 있는 동안 내가 그 과정에 참여할 수 있어서, 그이의 마음이 시가 되는 시간을 들여다볼 수 있게 해주어서 감사했기 때문이었다. 게다가 그이가 그 시를 쓰는 동안 아주 많은 시간을 자신도 모르게 사용했을 거라는 확신이 들었고, 한편으로 그이의 인생이 그 시 한 편으로 인해 획기적으로 변하진 않겠지만, 그이에게 아주 미미한 영향을 지속적으로 미쳤으면 좋겠다는 소망을 빌어두었기 때문이었다.

이를테면 양미자가 쓴 「아네스를 위한 노래」가 아네스에게 닿을지 닿지 않을지 우리는 모르고, 할머니가 쓴 '꽃처럼 사람이 돌아오기를'이라는 말이 할머니의 죽은 딸에게 하는 말인지 아닌지 우리는 모른다. 그러나 시를 쓰기 위해 연필을 꼭 쥔 그들의 손마디 같은 것은 정말 아름답지 않은지.

시를 선물하기 위해 왔던 그들의 빛나고 아름다운 시절이 한 편의 시가 되었고, 그 과정을 지켜보던 내게 남았기 때문에 이 기억과 감정의 연쇄작용이 끝나지 않으리라는 기분좋은 예감이 든다.

뭔가를 남기려고 시를 쓰는 건 아니다. 불행한 시간이 내내 고통으로만 채워져 있지 않듯이, 행복한 시간도 내내 기쁨으로만 채워져 있지는 않다. 속절없이 살며, 살아낸 시간을 시로 쓸 뿐이리라. 인생의 꽃같이 아름다운 시절이 그 쓰는 시간에 있으리라, 나는 주장하고 싶다.

가장 아픈 곳이 몸의 중심이 되듯이

커튼으로 사위를 가린 한의원 침대에 누워 있으면 온갖 통증에 대한 다양한 묘사를 들을 수 있다. "명치 위를 누가 밟는 것처럼 묵직하게 아려요." "누가 망치로 무릎을 계속 찍는 거 같아요." "꼭 흙 퍼먹은 것처럼 미식거려요." "꼬챙이로 쉬지 않고 뒷목을 콕콕 쑤신다니까." "어린애가 허리에 매달려서 따라다니는 것같이 허리 아래가 무거워." 그리고 "아이고 아이고" "으아아으ㅏㅇ아아" 이런 것들.

벽에 통증의 정도를 나타내는 종이("1~10 중에 아픈 세기를 골라 주세요")가 붙어 있지만, 그것은 그것이고. 아픈 사람들은 제각기 자신의 언어로 고통을 묘사하려고 한다. 젊은 사람들은 대강 '쑤신다' '아린다' 이렇게 표현하는 정도지만 나이든 사람들의 고통에 대한 묘사는 정말로 생생하고 다채롭다.

내가 다니는 한의원 의사는 굉장히 프로페셔널해서, 환자들이 어떤 말로 자신의 통증을 설명하든지 다 받아주신다. "명치? 식사하실 때랑 식사 다 하시고 나서랑 언제가 더 갑갑해요?" "아아, 찬물에 막 담근 것처럼 간지러우면서 아파요?" "누워 있을 때 메슥거려요, 아니면 서 있을 때도 메슥거려요?" "어린애? 몇 킬로나 되는 애 같아요? 걸을 때 그래요? 아니면 막 일어서려고 할 때? 둘 다?" 그리고 "자, 침 놓을게요" 하면서 어르고 달래듯이 "아이코 아이코" 소리를 내시며 환자들의 몸에 침을 놓는다. 적게는 다섯 방, 많게는 한 스무 방 정도?

그러면 환자들은 "아야, 아야" 하면서 이런저런 자질구레한 이야기들을 늘어놓는다. 나는 환자와 의사의 대화 듣는 것이 좋아서 한의원 가는 길을 은근히 기꺼워하는지도 모른다. 온열 침대에 누워서 나보다 한참 나이가 많은 이들의 통증에 대한 묘사와 대처를 들으며, 그들의 몸이 어떻게 생활을 이어가는지, 어쩌다가 아프게 되었는지, 얼마나 아플 것인지, 엿어듣는 것이다.

"아니 그래서 내가 팥주머니를 데워서 아랫배에 대고 있었는데, 그거 식고 나니까 아랫배가 쏟아질 것같이 아프더라니까." 이런 말을 듣고 있으면, 배는 윗배와 아랫배로 나눌 수 있구나. 배는 아래로 쏟아질 것처럼 몸에 매달려 흔들릴 수 있구나. 그런 것을 알게 된다.

물론,

다 적당히 아플 때 이야기다. 내가 심하게 아프면, 다른 사람의 이야기가 다 무엇이냐 이거다. 오직 나의 통증과 나의 몸에만 온 신경이 곤두선다. 아무것도 안 들린다.

그리고 한동안 아픈 게 누그러질 때까지 통증에게 온몸과 생활과 정신과 감정을 바친다.

죽음은 멀고, 통증은 가깝다. 아픔은 마치 오래전부터 이런 순간만을 기다려왔다는 듯이, 새로운 질서를 만들어 내 몸을 재정비한다. 독재도 이런 독재가 없다. 그리고 속삭인다.

다른 사람들과 너의 몸은 불연속적이며,

너만 너의 통증을 중심으로 움직일 거라고.

세계는 너의 통증을 보지 못하며 이해하지도 못할 거라고.

너 역시 통증에 갇혀서 다른 사람을 이해하지 못할 거라고.

"가장 아픈 곳이 몸의 중심이 되듯이"라는 구절로 쓴 시가 한 편 있다. 그 시는 육체적으로 많이 아프고 나서 쓴 시였는데, 이제는 폐기해버려서 저 구절 외에 다른 부분은 잘 기억도 나지 않는다. 폐기한 가장 큰 이유는 그 시가 너무나도 '중심'에 대한 편견에 사로잡혀 있어서였다. '가장 아픈 곳'이란 게 경합을 벌여 '몸의 중심'을 새로이 정비한다는 것 외에 더 나아가지 못한 시이기도 했다.

하지만 그 시는 나에게 통증에 대해, 몸에 대해, 아픔에 대해, 나 스스로 갖고 있는 금제에 대해서 돌이켜보게 해준 시이기도 했다. 통증과 몸과 아픔을 낱알처럼 흩어놓고 생각할 수도 있게 해주었고, 그것들을 전부 끓이고 뭉쳐서 반죽처럼 치댈 수 있게도 해주었다. 직유법에 대해서도 다시 생각해보게 해주었고, 고통에 대한 가치 판단 상황 자체를 재고하게 해주었다. 윤동주의 「병원」이라는 시가 얼마나 오묘한지 떠올리게 해주었다. 내가 써놓고, 내가 배웠다.

저 구절이 들어 있는 시는 결국 내 안에서 형해 없이 녹아서 다른 시들의 다른 구절로 등장했다—어떤 시인지는 밝히고 싶지 않다. 그런 수도 있는 것이다. 녹아버린 시는 더이상 한 편의 시로 기능하지 않는다. 몸처럼, 내가 쓰는 글은 계속 달라진다.

보일 수 없고 설명할 수 없는 통증과 언어가,

보일 수 있고 설명 가능한 방식의 외형을 갖기 위해 변형된다는 것.

그리고 읽는 사람은 그것을 전혀 모를 수도 있다는 것.

이것은 얼마나 신체와 유사한 사고일까?

바람을 누르고 놓인 단어들

이 좀 보세요.

마로니에광장을 질러 카페에 가던 길이었다.

한동안 만나던 사람과 연락이 되지 않아 지쳐가던 참이었고, 이제는 기다리는 것을 멈추기로 결심했기에 얼굴을 씻은 참이었다.

자갈에 눌린 것들이 있었다.

좌판도 아닌 돌바닥에 시집 사이즈만 한 낱말 카드 같은 것들이 마로니에광장에 면한 연극센터 앞에 귀퉁이를 팔랑거리면서 자갈에 겨우 눌려 있었다.

뭘까.

파는 걸까. 단어를 골라 뽑으면 물건으로 교환해주는 걸까.

나는 주위를 잠시 둘러보았다. 사람들이 모두 나처럼 잠시 멈춰 단어들이 팔랑거리는 걸 잠시 보고는 지나갔다. 이걸 지키는 사람이 없나 싶어서 더 주의를 집중해서 주변을 둘러보았다. 잠시 화장실에 갔거나 물을 사러 갔을지도 모른다는 생각이 들어서 기다려보고 싶어졌다.

평소라면 지나갔을 것이다.

하지만 심정적으로 약해진 상태였고, 한가하기도 했고, 평소와 달리 노래하는 사람도 연극을 보라고 권하는 사람도 없어서 조금 더 구경하고 싶었다. 게다가 아무런 설명도 없이 놓여 있는 단어들과 그 단어들 위를 겨우 지키고 있는 자갈을 향해 멈출 줄 모르고 부는 바람이 약간 걱정스러웠다. 날아갈 것 같다고 생각하며 단어들을 구경했다.

"인연" 옆에 "의연"이 놓여 있었다.

"구름" 위에 "조그맣다"가 놓여 있었다.

"파랑"은 두 개 놓여 있었는데 하나는 검은 매직펜으로 네모반듯한 모양으로 종이를 꽉 채우듯 쓰여 있었고, 다른 하나는 연두색 색연필로 종이 귀퉁이에 흐르듯 쓰여 있었다.

"윤슬"도 두 개였다. 하나는 거의 보이지 않게 희미한 연필로 쓴 글씨였다. 썼다 여러 번 지운 듯 종이 표면이 거의 일어나 있었다. 다른 하나는 모나미 볼펜으로 꾹꾹 눌러 쓴 것처럼 보였다. 왼쪽으로 치우친 채 쓰인 글씨의 리을에 볼펜 똥이 묻어난 게 보였다.

그리고 "좋아하다"가 "여러해살이풀"과 "인생" 사이에 놓여 있었다.

놓여 있는 단어를 다 읽은 것 같은데 아무도 오지 않았다. 관찰 카메라 같은 것일지도 몰랐다. 내가 저 단어들 중 하나를 만지거나 하면 누군가 달려와 "지금 촬영중인데요" 하면서 말을 거는 것이 아닐까? 요즘 같은 세상이라면 충분히 가능한 일이다. 나는 호주머니에서 손을 꺼내지 않았다. 사진을 찍어둘까 싶었지만, 왠지 정성스레 다 다른 글씨체로 쓰인 단어들을 사진으로 찍어두는 게 옳지 못한 일처럼 느껴졌다.

나는 지나가기로 했다. 가던 길을 갔다.

커피를 시켜두고 가져간 책을 꺼냈지만 읽지 않았다.

아까 본 단어들을 책 귀퉁이에 생각나는 대로 적어두었다.

길에 놓여 있는 것을 함부로 만지거나 줍지 않기로 결심한 지 오래였는데 자꾸 되돌아가고 싶었다.

"의연" 옆에 왜 "인연"을 놓았을까.

"조그맣다"는 "구름"의 위에 있어서 우리가 볼 수 없는 것들의 속성을 말하는 걸까.

"파랑"과 "윤슬"은 왜 두 개였을까. 특별히 좋아하는 단어인 걸까.

나는 다시 마로니에광장을 질러 집으로 돌아가기로 했다.

단어들은 여전히 거기 있었다. 다만 "여러해살이풀"과 "인생"이 보이지 않았다. 거기만 이가 빠진 듯 비어 있어서 착각할 수가 없었다.

여러 해 사는 풀과 인생이 사라진 것이다.

여러해살이풀과 인생의 퍼포먼스를 마로니에광장에서 보았다.

그것은 "좋아하다" 양옆에 빈 공간을 남겨두었다.

좋아하다를 남겨놓기 위해서 그 주변에 한 뼘만큼 파놓은 무덤처럼, 거기서 되살아나온 것처럼.

〈복희도감〉 구독자님들께서 주신 "우리나라 말에서 좋아하는 단어들"로 쓰인 글입니다.

"의연" "인연" "구름" "조그맣다" "파랑" "윤슬" "여러해살이풀" "좋아하다" "인생"을 받아썼습니다.

얘들아,
무엇을 대접할래

"선생님, 저 너무너무 궁금한 게 있어요.

선생님이 꼭 하나를 골라서 먹어야 하는 상황인데요.

'카레맛 똥'하고 '똥맛 카레'가 있으면요. 선생님은 어떤 걸 드실 거예요?"

●

열일곱, 열여덟 살 아이들의 시 선생님이 된 지 이 년 차. 그렇다는 건, 쉬는 시간 복도에서, 생각지도 못한 온갖 질문을 받을 수 있다는 뜻이기도 하다.

"안 먹는 선택지는 없어?"

"없어요. 절대 없어요. 꼭 골라야 돼요."

질문 당사자인 '경'은 귀여운 물건을 한가득 가져와 내게 자랑하기도 하고, 수업 시간에 자주 졸지만, 읽는 사람의 공감을 이끌어내기 좋은 서정적 풍경을 멋지게 잡아채는 시나 에세이를 척척 써내는, 선생님들의 말투를 기가 막히게 똑같이 따라 하는, 조용히 졸고 있다가 돌연 깨어나 저런 질문을 해서 온 반 아이들을 웃게 하는, 교정기를 한 이를 잘 보여주지 않으면서도 재미있는 웃음소리를 내는, 세상에 단 하나밖에 없는 '경'이다.

나는 이 질문에 대해 다른 아이들은 뭐라고 대답했는지 궁금했다. 그래서 답을 하기에 앞서 아이들과 잠깐 대화를 나누었는데, 결과는 나에게만 놀라웠다. 나 혼자 '똥맛 카레'를 선택했고 아이들은 '카레맛 똥'을 선택했기 때문이었다.

"똥맛인데도요? 진짜로요?"

"응. 아무리 카레맛이 나도 카레맛 똥은 똥이잖아."

"근데, 입에 넣었는데 똥맛이 나면 그건 그냥 똥이잖아요."

우리의 대화는 마치 모든 걸 막는 방패와 모든 걸 뚫는 창의 대결 같았다.

아이들은 입에 들어가는 것의 맛이 음식의 맛이라면 그것은 음식이라고 속일 수 있으므로 카레맛 똥을 선택하겠다는 거였고, 나는 입에 들어가는 것이므로 그것의 맛이 어떻든지 간에 그것은 무조건 음식이어야 하기에 똥맛 카레를 선택하겠다고 대치했다. 아이들과 나 모두 '똥'에 대한 거부감이 있다는 점에서는 유사했지만, 그 유사성을 바탕으로 취한 선택이 달랐다. 같은 것을 거부하면서도 우리가 상대방의 의견을 납득하지 못한다는 점이 흥미로웠다.

카레라는 음식의 개념을 본질로, 카레맛을 감각으로 분리하여 정리할 수 있다면, 아마도 나는 본질을 중요하게 생각하는 사람처럼 보일 것이다. 하지만 아이들의 말처럼 카레의 본질은 카레가 풍기는 맛과 향이라는 감각과 떨어져서는 실재할 수 없는 것이기도 했다.

다시 말해, 교환 불가능한 카레만의 향미가 그 음식에 있다면 아이들 말마따나, 그것은 무엇이든 카레가 될 수 있다. 엄밀히 말해 본질이란 시시각각 변화하는 시공간에 드러난 현상을 배제한 채로 실재한다 말하기 어렵기 때문이다. 결국 내 선택은 카레라는 환상 혹은 개념에 대한 미혹을 비추는 은유일지도 몰랐다. 하지만 말이다. 다시 그날이 되어, 같은 선택지 앞에 선대도, 나는 카레맛 똥보다는 똥맛 카레를 고를 것 같다.

미혹에 빠진 자라고, 나를 평해도 좋다. 나는 선언한다. 나는 똥은 먹을 수 없다! ─만약 똥이 불로불사의 영약이라고 한다면, 카레맛 똥을 먹을 것인가? 글쎄. 똥맛 카레에도 그와 상응한 밸런스의 특이점을 부여해야 이것은 고민해볼 가치가 있는 질문이 될 것이다. 카레맛 똥에만 불로불사의 특이점이 있다면, 먹지 않을 것이다. 나는 똥을 안 먹은 인간으로 죽겠다. 재미로 하는 밸런스 게임일 뿐인데 이렇게 진지할 일인가 싶지만, 원래 재미란 심각하고 진중한 가운데서도 긁어낼 수 있는 것이고 가볍고 하찮은 것에서도 뭉쳐낼 수 있는 것이다. 물론 나 혼자만 이 재미를 맛볼 수는 없으니까, 언젠간 아이들에게 500자 이하 분량의 짧은 에세이 창작을 과제로 내볼 예정이다. 각자 좋아하는 음식을 묘사하되 그 음식의 맛과 향과 온도, 만드는 법, 먹는 법 등을 서술해 글을 읽는 이가 그 음식을 알아맞혀보도록 쓰는 것이다.

자, 애들아.

천사가 너희들 앞에 왔다. 너희들은 무엇을 대접할래? 천사에게 이 음식을 어떻게 설명할래? 음식 이름만 빼고, 가능한 모든 표현을 망라해봐. 사실 말이지만, 천사라는 그 미지의 존재는 음식을 안 먹을 것 같으니까, 우리가 만들 수 있는 가장 멋진 말들을 먹여라, 싶은 것이다. 대접을 해보라는 것이다. 음식을 한번,

말만 가지고 차려보라는 것이다. 자유롭게 차려라. 하지만 극진하게.

'대접하기'는 시를 쓰기 위한 밑작업 중 하나다. 잘만 하면 그대로 시가 되기도 한다. 그 시, 그 음식, 훌륭할 것이다. 물론, 천사가 음식을 엎어버릴 수 있다. 그러면 울면서—혹은 화내면서—치우는 것까지 차린 사람이 알아서 다 해야 한다. 거기까지가 대접하기로써 시를 쓴다는 의미다.

“깨끗한 돈을 줄게”
—채에게

타인의 소원은 내 것이 아니므로 하찮아 보이거나 우스워 보일 수 있다. 타인의 고통에 대해 우리가 순간 그러하듯이.

나는 일주일에 두 번, 예술고등학교 문예창작학과 아이들에게 시 창작과 감상을 가르친다. 작년 학기 말에 나는 아이들에게 각자 원하는 것에 대한 위시리스트를 작성한 후 제비뽑기를 하도록 했다. 그리고 자신이 뽑은 친구의 위시리스트로 시를 쓰도록 했다.

자신의 위시리스트가 아닌 타인의 위시리스트로 시를 쓰게 해도 될까 망설였지만, 나는 아이들을 믿었다. 내 믿음은 배신당하지 않았다. 아이들 모두 타인을 시에 들일 때 어떤 식으로 접근해야 하는지, 나름대로 답을 찾은 듯 보였다.

채로부터 만난 이런 구절(인용을 허락받았다).

나는 이 구절을 보고 거의 울 뻔했다.

"깨끗한 돈을 줄게

깨끗하게 써"

채는 이 구절을 마주 앉은 수로부터 얻었다.

채는 강에게 "커다란 지렁이 젤리"와 "애정과 관심"이 포함된 구절을 주었다.

강은 정에게 만약 "자신이 신이 된다면"이라는 조건을 떠올리게 했다.

……

소원은 자신에게 없는 것을 비는 행위다. 소원은 비는 이의 가장 내밀한 고통을 반사한다. 표면상으로는 '위시리스트'로 시를 쓰라고 했지만 사실 나는 아이들이 타인의 연하고 약한 구석을 발견하기를, 타인의 고통을 발견하고 그것을 시로 써보기를 요구했다. 아이들은 내 믿음도 친구들의 소원도 지켜주었다.

아이들이 쓴 시가 전부 좋았다. 나는 아이들에게 완성된 시의 제목 아래 그 시를 쓰도록 소원을 공유해준 친구들의 이름을 부제로('○○○에게') 달도록 했다. 시는 혼자 쓰는 것이지만, 사실은 혼자서는 쓸 수 없다는 것, 타인의 소원과 타인의 고통은 쓰는 사람의 것이 아니라는 것. 그것을 잊지 않았으면 했다.

시를 쓰다보면 타인의 고통에 기댈 일이 생긴다.

나는 나만의 고통이라고 썼는데 타인의 고통과 연결되는 경우도 잦다. 직접적으로든 간접적으로든 타인의 고통에 닿는 일을 피할 길이 없다.

타인의 고통을 잘 다루는 방법을 가르칠 수 없어서, 나는 타인에게 고통이 있다는 사실을 가르쳤다. 타인의 고통이 쓰는 사람을 회생 불능의 상태로 몰아넣는 광경을 종종 봐왔다. 일어나야 할 일은 반드시 일어나기 마련이고, 계속 쓴다면 언제나 감수해야 할 위험일 것이다. 그러나 아이들이 그 위험에 무방비하게 노출되지 않기를 바랐다.

내가 시 선생님으로서 할 일은 아이들이 그런 일을 해야 할 때를 대비해주는 것이었다. 크게 아프지 않게, 얼마간 앓고 잘 먹고 잘 쉬면 스스로 일어날 수 있도록 회복탄력성을 길러주는 일이었다.

시를 쓰는 이들에게 아주 깨끗한 돈을 주고 싶었다. 특히 '열아홉'의 내게도.

친구가 수박을 사 왔나 보다

수박이 썰린다 수박 향기는 어둡다

여름을 불러 온다 죽은 수박이 죽어 간다

죽은 사람은 같은 행동을 반복한다

뒷모습은 짧은 밤을 가르는 일에 집중되어 있다

다음 날 다음 다른 날

이루어지지 않은 소원들은

무서운 연료가 된 것 같고 매일 떠 있겠다는 의지로

태양이 우리를 길들이고 있다

불 꺼진 부엌 한가운데

타오르지 않으면 괴로운 불이 일렁인다

물속은 물을 잘 모른다

빛이 가라앉고 가라앉아 타오르고

수면에 비친 것이 썩어 가는 동안

친구가 돈을 놓고 갔다

손끝이 하얘지도록

돈이 좋았다

— 졸시 「열아홉」 전문, 『내가 사랑하는 나의 새 인간』, 민음사, 2018, 57쪽

세상에서 가장 완벽한 삼각형

'시를 잘 쓸 수 없는 데는 복합적이고 다양한 이유가 있다.

그중에서도 고통에 압도당했을 때는 누구든 평소처럼 쓰기 어렵다.'

이 말은 이렇게 바꿀 수 있다.

'시를 잘 읽을 수 없는 데는 복합적이고 다양한 이유가 있다.

그중에서도 고통에 압도당했을 때는 누구든 평소보다 읽기 쉽다.'

위의 말들은 아래 결론의 근거다.

'시를 잘 쓰거나 읽을 수 있는 데는 복합적이고 다양한 이유가 있다.

그중에서도 고통을 통과했을 때는 누구든 평소보다 잘 쓰거나 읽을 수 있는 자질로 충만한 상태다.'

시는 무엇이든 말할 수 있는데, 그 무엇보다도 고통을 형상화하는 데 그 형질이 매우 발달한 것처럼 보인다. 현대시가 '나'라는 1인칭 인간의 독백, 혹은 내밀한 자기 고백의 형식을 타고 발달해왔기에 가능했던 일이다—'내밀함'과 '고백'과 '고통'의 삼각 구도를 구경하고 싶으면, 시를 읽으면 된다. 어느 시집을 펼쳐도 발견할 수 있다. 병든 인간만이 책을 읽는다는 말이 괜히 있는 게 아니다. 시가 유독 잘 읽힐 때는 '내'가 평소보다 연약해져 있을 때, 그러니까 병으로 인해 일상을 제대로 돌보기 어려운, 예외적 상태일 때가 많다. 이 경우에는 병이 나으면, 다시 시를 읽지 않는 방향으로 삶을 움직여간다. 병이라는 예외적 상태를 극복해버리고 마니까.

하지만 정말 그런가?
다들 그렇게 회복하고 있나? 매우 의심스럽다.

병든 인간만이 책을 읽는다는 말은, 인간이라면 다 책을 읽어야 한다는 말 아닌가?

병과 일상은 아주 긴밀하게 엮인 조직이다. 병이라는 예외적 상태가 일상이라는 평소의 상태와 구별되지 않는다는 말이다. 나는 많은 사람들이 회복을 말하고, 회복을 원하는 것은 기실, 회복이 요원하다는 걸 받아들이지 못하기 때문은 아닌가 의심하는 쪽의 사람이고, 그러다보니 어떤 병이든 완치란 없다고 여긴다.

병증은 떠나지 않는다. 병증은 이동할 뿐이다. 팔에서 다리로 갈 수도 있고, 나로부터 너에게로 갈 수도 있다. 주거니 받거니 하면서 우리는 비슷하게 아픈 사람들이다. 우리는 예외적 상태를 '극복'하지 못한다. 극복하지 않는 게 아니라, 극복하지 못함을 알기에, 평생 시를 읽거나 쓰는 사람도 있는 거다. 특별한 일은 아니다. 아프니까 읽고, 읽으니까 쓰고, 쓰니까 읽고. 이 또한 삼각 구도랄까.

그러나 이 삼각 구도라는 건 안정적이면서도 위험천만한 구도라 할 수 있다.

삼각형을 일부의 몇 사람만 그릴 수 있거나 이해할 수 있는 도형이 아님을 자꾸 잊어버리기 쉽기에 그렇다. 아프니까 읽고, 읽으니까 쓰고, 쓰니까 읽었다는 삼각형 중, 자신만 아프다는 환상에 갇히거나, 타인의 아픔을 자신만이 이해할 수 있다는 오만함을 원동력으로 삼는 것을 가끔 발견한다. 그렇게 완성된 삼각형들은 매력적이고 가끔은 슬프기까지 하다. 그들 삼각형은, 한 삼각형을 다른 삼각형으로 잊어버리는 종류의 삼각형이라고나 할까. 물론 내가 잘못 봤을 수도 있다. 나 역시 나만 아프다는 환상에 잘 갇히는 사람이니까. 너의 아픔을 이해하고 싶다는 욕망에 잘 휩쓸리는 사람이니까.

그래서 내각의 합이 180도라면 뭐 일단 안정감이 생겼으니 다행이지 하며 자찬하는 날이 지나치게 이어진다 싶을 때, 그러니까 혼자 아프다는 생각이 들 때, 나는 윤동주의 시 「병원」과 이성복의 시 「그 날」을 묶어서 처방한다. “나한테는 병이 없다고 한다”라는 구절과 “모두 병들었는데 아무도 아프지 않았다”라는 구절을 빌려 시인들의 건강을 생각해본다. 건강에 깃든 병증을 되새긴다. 사실 세상에서 가장 완벽한 삼각 구도의 내각의 합은 180도가 아닐지도 모른다.

젊은이의 음지

봄밤이다. 엊그제까지 죽은 것처럼 보였던 나무에 꽃이 피는 계절이고, 부는 바람이 부드러워 저절로 목을 세우게 되는 계절의 밤. 목련이나 벚꽃이 꽃을 피워올리고 사람들은 그것을 바라보고 사진을 찍느라 멈춰 선다. 일주일이면 아마도 다 질 것들이다.

나는 음지에 서 있는 젊은이처럼 마음이 조급해졌다. 양지에 피어 있는 꽃을 보기 위해서는 양지로 가야만 할 것 같았다. 이렇게 음지에 서서 양지를 훔쳐보며 이 봄날을 보내고 싶지 않았다. 봄이라서 하고픈 일은 별달리 없었으나, 살아서 다시 못 만날 한

계절, 꽃놀이를 즐길 요령은 없더라도 한두 시간을 꽃이 피어 있는 곳에서 보내지 못하는 것은 좀 아쉽다, 그런 마음에 금요일 저녁에 친구에게 급히 연락을 했다.

"일요일, 모모산 가실?"

친구와 나는 일요일 모 지하철역 1번 출구에서 추리닝 차림으로 만나자고 약속했다. 점심은 두부 정식과 막걸리를 곁들이기로 했고. 이어서 말차를 파는 카페에 가자, 좋다, 그담에 너네 집에 가서 넷플릭스를 보자, 딸기 먹다가 밤에 나와서 밤의 꽃구경을 하자 등등 계획을 한참 세우기도 했다.

그러나 결론부터 말하자면 우리는 산에 가지 못했다. 아예 만나지도 못했다.

순전히 나 때문이었다. 토요일 밤부터 머리가 지끈거리고 허리가 쑤시기 시작했다. 느낌이 좋지 않았다. 부인하고 싶었지만 거동 불능 상태임이 틀림없었다. 눈을 뜨자마자 친구와 약속을 취소한 후 두벌잠에 들었다. 하늘이 맑고 선명함이 분명한데 내 몸은 왜 커튼 걷기도 거부하고 이불 속에서 파묻혀 있기를 원하는가. 잠이 나를 부르고, 내가 잠을 부르는데 봄밤이 다 무슨 소용이며 꽃이 다 무슨 의미가 있나. 그러다가도, 내가 이렇게 누워 있는 동안 남들은 다 봄꽃을 구경할 텐데 왜 나는 처량맞게 이 꼴을 하고 있나, 꽃도 보지 못하고 꽃이 나오는 시를 쓰면 무슨 소용이 있나, 온갖 마음의 엄살을 떨며 흐린 눈으로 SNS에 올라오는 꽃 사진들을 구경했다. 봄꽃과 봄밤은 일주일이면 사라질 것인데 내일 무슨 일이 있어도 산을 에워싼 벚꽃들을 내가 봐야겠는데, 친구와 막걸리도 마셔야 하는데, 공원에 핀 밤 벚꽃도 봐야 하는데! 봄밤에만 가능한 헛소리도 해야 하고!

다 끝난 것이다.

다음주와 그다음주에는 주말 내내 다른 일정이 있었고, 그러고 나면 4월 중순이 될 것이고, 나무들은 내년의 꽃을 피우기 위해 잎을 틔울 것이었다. 나는 봄을 질러가 벌써 여름을 생각하고 내년 봄을 생각하며 아직 다 피지도 않은 봄꽃을 못 볼 생각에 기분이 가라앉았다.

그런데 다음날 산에 같이 가기로 했던 친구가 코로나19 확진이라는 안부를 전해왔다. 일요일에 그와 산에 갔더라면 십중팔구나 역시 코로나19에 걸렸을 테니, 일요일에 내가 미리 앓았던 것이 다행이라는 말과 함께. 나의 기민한 신경이 코로나19를 예지한 것이 아닌가, 사람의 길흉화복은 알 수 없는 일이라며 우리는 농담을 나누었다. 말끝에 친구에게 김수영의 「봄밤」이라는 시를 읊어주려다가 말았다. 가뜩이나 아픈 사람에게 무슨 속 터지는 짓이냐는 핀잔을 들을까 싶어 오렌지나 한 박스 보냈다.

"애타도록 마음에 서둘지 말라"라는 구절로 시작되는 이 시. "한없이 풀어지는 피곤한 마음에도/ 너는 결코 서둘지 말라"라는 구절 덕에, 나 혼자만 세상의 속도에 맞추지 못하고 뒤처져가는 것은 아닌가 하는 불안감이 가라앉을까 싶어서 꺼내 보았는데, 효과는 미미했다.

"재앙과 불행과 격투와 청춘과 천만인의 생활과/ 그러한 모든 것이 보이는 밤/ 눈을 뜨지 않은 땅속의 벌레같이/ 아둔하고 가난한 마음은 서둘지 말라"라고 「봄밤」의 화자는 말한다. 이 사람도 젊은이의 음지를 알고 있음이 분명하다는 사실을 확인했으니 그것으로 이 시는 내게 자신의 할 일은 다한 것이 되었나. 나만 조급한 거 아니니까 괜찮다 괜찮다 스스로 위로해볼까.

여전히 효과는 미미했다.

컴컴한 땅속에 파묻혀 있던 벌레는 어차피 여름이나 되어야 흙더미를 벗어나 나무 위로 날아오를 것이다. 영영 봄밤의 꽃을 볼 수 없을 것이다. 음지에 있어야만 하는 젊음도 있다. 나는 늘 조급하고 산만하여 많은 것을 바라고 둘러본다. 아둔하고 가난한 마음이라 혁혁한 업적을 휘황한 눈으로 올려다본다. 사랑하는 친구와 꽃을 보며 잠시 취하는 것이 이렇게 어려운 일이었나. 젊은이에게 양지를 달라 누구에게 탄원할 수도 없다. 뭐 대단스런 부귀영화를 바라는 마음도 없이 그저 주말이면 친구와 꽃을 보고 싶은데 "애타도록 마음에 서둘지" 않으려니 봄밤이 더없이 짧다. 짧은 봄밤일수록 쉬 되는 일이 없다. 나는 김수영을 의도적으로 오독하고 있다. 시는 읽는 사람 것이다. 다들 재미있게 시를 읽었으면 좋겠다. 안 될 게 뭐람. 봄밤은 짧은데.

친구에게

내년에는 꼭 봄꽃을 같이 보자는

약속을 보낸다.

투명한 옷을 직조하기

안데르센의 동화 『벌거벗은 임금님』—또는 『황제 폐하의 새 옷』—에서 내가 가장 좋아하는 부분은 다음 부분들이다.

두 사기꾼—이다음 문장부터는 직공이라고 하겠다—이 최고급 명주실과 순금실과 베틀 두 대를 가져다달라고 한 후, 텅 빈 베틀 앞에 앉아 수십 개의 초를 켜놓고 밤새 천을 짜는 시늉을 하며 시간을 보내는 시간에 대한 묘사, 두 직공이 커다란 가위로 허공을 자르고 실도 꿰지 않은 투명한 바늘로 투명한 천을 바느질하는 장면에 대한 묘사, 그리고 두 직공이 바지와 윗옷과 망토를 순서대로 임금님의 몸에 입히는 시늉을 하며 "이 옷들은 마치 거미줄처럼 가볍"기 때문에 입고 있다는 느낌도 거의 없을 거라고 설명하는 장면이다.

과거에 고급스럽고 비싼 옷, 그러니까 이루 말할 수 없이 노동력이 엄청나게 많이 들어간 옷일수록 무게가 거의 느껴지지 않으며 엄청나게 섬세하여 투명해 보이는 직물이었다는 점을 일러두고 싶다. 그러니까 임금님과 그 신하들이 직공들의 말에 넘어간 것이 아주 말이 되지 않는 것도 아니다. 요즘도 그렇다. 고급스러운 옷일수록 '입은 것 같지 않음'이, 아름다운 옷일수록 '이은 자국 없음'이라는 특징이 강조된다. 마치 이어붙인 흔적은 결함이라는 듯이, 무게가 흠이라는 듯이. 인간의 손이 닿았다는 게 잘못이라는 듯이. 때문에 입지 않은 것처럼 가볍고 이은 자국이 보이지 않는, 인간이 만든 것 같지 않은 이 임금님의 새 옷은 그야말로 환상적인 옷이 될 수 있었다.

커다란 거울 앞에서 임금님을 벌거벗겨놓은 채 두 직공이 표정 하나 변하지 않고 엄숙하고 진지하게 옷을 입히는 장면이 정말 좋았다. 그 모양을 지켜보는 신하들과 거울에 이리저리 비치는 자신의 모습을 바라보는 임금님의 당혹스러운 심경—"왜 나는 여전히 옷이 보이지 않지? 다른 사람들은 다 보이는 것 같은데"—의 묘사가 주를 잇지만, 내 마음을 사로잡은 것은 자신들의 소임에만 충실히 임하는 두 직공의 한 치의 어긋남 없는 퍼포먼스였다. 두 직공은 뒤이어 행렬 장면에서 벌어질 일을 뻔히 알고 있으면서도 혹,

이 옷이 정말 있는 게 아닐까 싶을 정도로 공들인 팬터마임으로 임금님을 치장한다.

안데르센은 이 이야기를 통해 보이는 것을 보지 못하는 권력자들의 허위와 기만을 풍자한다. 하지만 이 두 직공이 옷을 소재로 보인 퍼포먼스에 대한 안데르센의 공들인 묘사는 이 기만적 혹은 예술적 행위에 대한 안데르센의 이끌림 역시 보여준다.

두 직공이 만든 옷은 보이지 않는다. 그 옷은 오직 두 직공의 언어와 몸짓 속에만 있다. 사람들은 실체가 없는데도 불구하고 거미줄처럼 가볍고 나비의 날개처럼 섬세한 옷, 경이로운 옷, 다시없는 아름다움의 환영을 그려낸다. 각자의 머릿속에 단 한 벌의 옷을 지어내는 것이다.

영미문학자 홀리스 로빈슨은 이 이야기를 분석하며 "그들의 노동 가치는 그 물질적인 구현 여부와는 별개"•로 인정받을 수 있음을 언급한다. 두 직공이 주장하는 바와 같이 그들이 받아낸 금실, 명주실, 보석, 금화 등등의 재화를 그들의 퍼포먼스에 지불된 비용으로 칠 수 있다면, 이는 '투명한 옷을 직조한다'는 행위예술에 대한 정당한 보수를 지불한 것으로 이해 가능하다. 어찌

• 마리아 타타르, 『주석 달린 안데르센 동화집』, 이나경 옮김, 현대문학, 2011, 46쪽 재인용

됐든 두 직공은 세상에 존재하지 않는 진귀한 옷을 짓겠다며 임금님을 대상으로 세상에 한 벌뿐인 옷에 대한 제작비를 받아냈고, 그 제작비에 상응하는 퍼포먼스를 보여주었다. 이후 온 나라가 그 옷에 대한 소문으로 들썩일 정도로 그 두 직공은 몇 달간 작업실에 틀어박혀 초를 켜놓고 허공에서 춤을 추듯 천을 짜고 옷을 만들었으며, 마침내 그 옷을 임금님에게 입혀, 수많은 사람들 앞에서 '보는 사람의 역량에 따라 보일 수도, 보이지 않을 수도 있는 아름다운 옷'에 대한 개념을 만들어냈다.

투명한 옷 만들기를 아름다움에 대한 개념 창작으로 이해한다면, 이들은 사기꾼이 아니라 정말로 직공으로, 예술가로 인정받아야 한다.

보이는 것은 그냥 보이지 않는다.
보이는 것은 보는 사람의 인정과 승인을 통해 '보인다'.
보이는 것을 보지 못하는 것은 언제나 일어나는 일이다.

나는 시를 쓰는 것이 퍼포먼스로서 가능할까에 대해서 몇 년간 고민중이다. 실행 자체가 불가능한 것은 아니다. 한 사람을 관람객에게 계속 노출시키는 퍼포먼스 자체가 기존 현대 미술사에 없었던 것도 아니고. 가만히 앉아 있는 사람—시인이라고 주장하는—을 투명한 박스에 가둬놓기만 해도 된다. 그것 자체를 시라고 해도 된다—될까?. 시는 언어를 다루는 일이다. 언어는 그 자체로는 보이지 않는다. 세상에 없는 시를 짓겠습니다, 라고 말한 후 이것을 모두가 볼 수 있는 공간에서 두어 달간 보여주는 것이다. 어쩌면 시인의 역할을 부여한 연기자를 섭외해 옷을 만드는 직공들이 그랬듯, 시 쓰는 연기를 몇 달간 진행시킬 수도 있다.

정작 완성된 작품은 눈에 보이지 않을 것이다. 그야 어떤 시인이라도 두 달간 불특정 다수 앞에 상시로 노출되어 있으면 아무것도 쓸 수 없을 테니까. 하지만 시인은 주장해야 한다. 자신은 시를 썼다고. 그것을 왜 보지 못하느냐고. 사람들은 눈에 보이는 '시'가 없다는 이유로 그 퍼포먼스가 사기라고 말할 것이다. 지원금을 다 토해내야 한다는 성토를 받을 것이다. 지원금 반환 요구에 대한 방어용 영상을 찍어둬야 할지도 모르겠다. 이런저런 일련의 사태까지 시라고 말해도, 되기는 될 것이다.

하지만 그 누구도, 놀랄 정도로 이 퍼포먼스에 관심을 주지 않을 수도 있다. 애초에 지원금을 받지 못할 가능성이 더 크다. 그렇다면 무반응과 무관심에도 불구하고 시 쓰는 걸 보여주겠다고 보내는 두 달간 시인의 지난한 노출 역시 시라고 말해도, 되기는 될 것이다.

제목은 〈투명한 옷을 직조하기〉다. 두 달간의 일회성 퍼포먼스이므로, 이것에 대해 누군가 기록하는 사람이 있어야겠지. 오히려 '투명한 옷을 직조하기'라는 제목 아래 퍼포먼스를 벌이는 시인보다, 그 퍼포먼스를 관찰하고 기록하는 관객이 있다면, 그야말로 눈에 보이는 시를 완성할 수 있을지도 모른다.

시는 술처럼
산문은 물처럼

제 어떤 산문을 읽은 한 독자님이 질문을 보내주셨습니다. 그 글이 꼭 시처럼 여겨졌다고, 그 글이 시인지 산문인지 궁금하다고요.

시는 아니라고 간단히 답변을 드렸습니다. 그러나 제 답이 충분치 못하다는 생각이 들었습니다. 산문이나 시 장르 전체 문제는 밀어두더라도, 최소한 제가 쓰는 산문과 시의 구분 기준에 대해서는 성의 있는 답을 마련해두어야겠다는 생각이 들었습니다.

사전적 정의에 따르면 산문은 "운문에 대하여 운율이나 정형에 의한 제약이 없는 보통 문장. 따라서 넓은 의미로는 모든 문서류나 일상의 회화까지 모두" 속하는 글입니다. 즉, "소설, 희곡, 평론, 수필, 일기, 편지, 감상문, 소평론" 등 거의 대부분의 글이 산문입니다. 더 쉽게 극단적으로 정의하자면 시 아닌 모든 것은 산문이라고 할 수 있습니다.

저는 분명 독자님께서 문의주신 그 글이 시라고 생각하지 않았습니다. 쓸 때도 그랬고 완성하고 나서도 그랬습니다. 하지만 그 글에 대해서 시는 아니라고 답했을 뿐 산문이라고 답하지는 않았습니다. 그 글을 산문이라고 곧장 단언하려니 기묘한 저항감이 일었습니다. 시가 아니라면, 산문이 되는 저러한 사전적 정의에 따르면 제가 쓴 그 글을 산문이라고 하지 않을 이유가 없었습니다. 계속 저에게 답을 요구해봤습니다. "산문이라고 단언하지 못하면서, 이걸 시라고 하지 않을 이유가 뭐야? 대답해봐."

좀처럼 납득할 만한 답이 나오지 않아서 그 글을 쓸 때의 제 상태를 곰곰 되짚어봤습니다.

저는 페소아처럼 여러 명의 자아를 창조해, 그 자아가 각자 글을 쓰게 하는 실험을 해보고 싶다는 소망이 있었습니다. 그 실험을 청사진 삼아 한번 자유롭게 즐겁게 글을 써보고 싶었습니다. 그래서 썼습니다. 내 속의 또다른 나가 쓴 글 말고, 아주 다른 자아가 쓴 다른 글을 만들어보고 싶었습니다. 그리고 그걸 표내고 싶었습니다. 쓰는 사람인 제가 무엇을 원하는지 알고 쓴 글이기에(일종의 주제의식을 포함하여 쓴 글이기에), 그 글은 산문임이 명백했습니다.

그러나 다른 자아를 만들어야 했기에 최대한 실재의 저를 배제하고 낯선 사람이 나올 수 있게 허락을 해주었고, 그것이 그 글을 산문적인 산문이 되지 않도록 했던 모양입니다.

이쯤해서 시와 산문을 쓸 때의, 제 접근 방식의 차이점에 대해 말씀드려야겠네요.

저는 시는 술처럼 빚고, 산문은 물처럼 채집합니다.

둘 다 액체죠. 사람이 마실 수 있게 하는 일이고요. 또, 시간이 많이 듭니다.

그러나 제 심신이 하는 일은 분명히 차이가 있습니다.

글의 전체 분량 대비 비유나 함축의 많고 적음, 깊고 얕음 등은 적어도 저에게는 시와 산문을 가르는 기준이 아닙니다. 저는 시는 '저를 의식하지 않고 쓴 글', 산문은 '저를 의식하고 쓴 글'이라는 차이로 제 글을 구분합니다. 그러니까 행갈이 연갈이가 아무리 리드미컬하게 되어 있어도, 일종의 기호나 도상이 삽입되어 있어도 그 글이 실제 김복희라는 사람을 의식하면서 쓴 글이라면, 그것은 제게 산문입니다. 물론 제가 저를 통제하지 못하거나 이해하지 못하는 경우도 많으니까, 종종 어떤 글이 '시'적인 산문이 되는 걸 막을 수는 없어요. 대게 그런 산문들은 지면을 찾기 어려워 발표되지 못했습니다.

종종 시처럼 느껴지는 어떤 산문들은, 제가 김복희라는 사람을 의식하긴 하되, 최대한 그를 밀어내면서 쓴 자유로운 산문 중 하나였을 것입니다. 때문에 도수가 아주 약한, 애매한 것, 물에 가까운 술, 술에 가까운 물이 되었지요. 얼결에 물인 줄 알고 마시기에 좋은 술 아닌가요. 마셔도 별로 취하지도 않고……. 마치 설탕이 0.0000000001그램 들어가면 무설탕이라고 표기하는 그런 것이라고나 할까요. 저는 취하지 않았지만, 누군가는 사고로 취했을 수도 있겠네요.

마감을 앞둔 3월의 시인 같은 플레이리스트

요즘 유튜브에서 플레이리스트를 이것저것 클릭해보는 것이 재미다. 주로 다음과 같은 것들을 클릭한다. 은근 다른 것 같지만 대체로 음악을 효용적 측면에서 바라보고 구성한 듯하다.

첫번째는 일상을 꾸미는 플레이리스트다.

바쁠 때 듣는 음악이라든지, 공부하기에 좋은 음악이라든지 그런 것들이다. 이 음악들은 영화나 드라마의 배경음악처럼 어느 정도 정조를 유지시키거나 고조시키는 데 도움을 주면서 일상을 '꾸미는' 것이 중요한 자질로 평가받는 듯하다. 음악을 듣는 이가 원하는 활동성을 유지하는 데 목적이 있다. 때문에 이런 음악에는 종종 생활소음 같은 것이 섞여 있다. 책장 넘기는 소리라든지, 경적 소리, 물소리, 바람소리, 장작불 타는 소리 등등이다.

두번째는 비일상을 위한 플레이리스트다.

드라마나 영화, 웹소설, 웹툰, 만화 등 극적인 사건을 경험하는 주인공이 된 것처럼 음악을 듣는 이를 '몰입'케 하는 것이 목표다. 누아르물, 치정극, 로맨스, 판타지 등등 장르는 다양하다. 작품 속 주인공의 대사나 시의 구절 중 일부를 차용한 제목의 플레이리스트도 많고, "세상에서 가장 치명적인 사랑을 하는……" 등등의 설명이 들어간 플레이리스트도 많다. "독단적인 잠에서 깨어난 칸트처럼 공부하는 플레이리스트"처럼 실존 인물을 응용한 경우도 있다.

세번째는 비일상을 통해 일상을 떠받치는 플레이리스트다. "귀족의 영애처럼" 혹은 "망국의 공주처럼" "공부"하는 플레이리스트 등등이다. 과연 귀족의 영애와 망국의 공주는 어떤 공부를 할 것인가. 타고난 고귀한 계급적 의무로 "공부를 해야만 하는" 이들의 입장이 되어 "공부를 하"도록 분위기를 잡는 플레이리스트다. 아무려나 현실의 고통이 상쇄되는 것 같기도 하고 아닌 것 같기도 하고.

내가 소개할 플레이리스트는 “마감을 앞둔 3월의 시인”에게 받은 것이다. 그이는 무척 바빠 보였다. 마치 3월의 토끼처럼. 넋이 나간 듯 보이는 그에게서 한 달 내내 독촉을 해 간신히 받아낸 것이다. 시인은 좀 차분한 음악만 들을 줄 알았는데 이게 다 뭐냐 싶게 오르락내리락하는 음악 목록이었다. 과연 3월의 시인 같았다. 틀어놓고 다른 일을 도저히 할 수 없었으므로, 비일상을 위한 플레이리스트로 분류해야 할 것 같았다. 여하간 내가 시인은 아니니까.

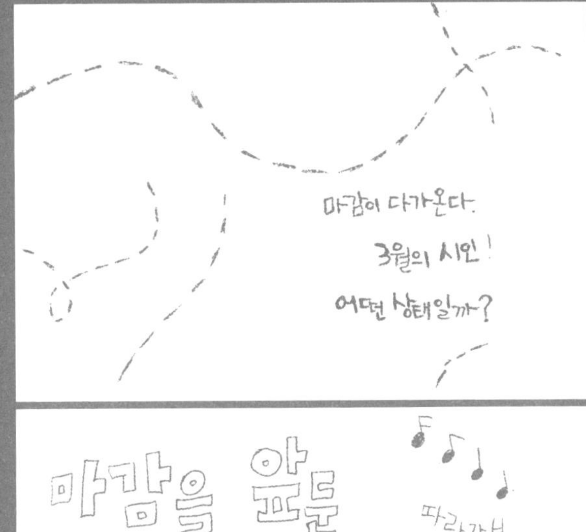

마감을 앞둔 3월의 시인 같은 플레이리스트

따라가볼까?

글·그림 김복희

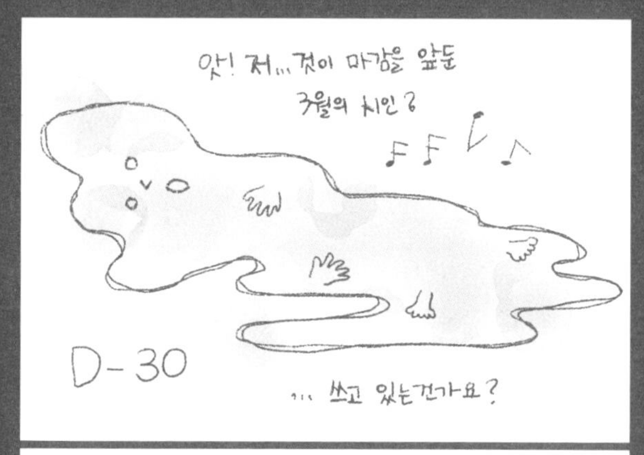
앗! 저... 것이 마감을 앞둔
3월의 시인?
D-30
... 쓰고 있는건가요?

D-20
부피가 커진 느낌인데.... 3월의 시인!
괜찮은 건가요???

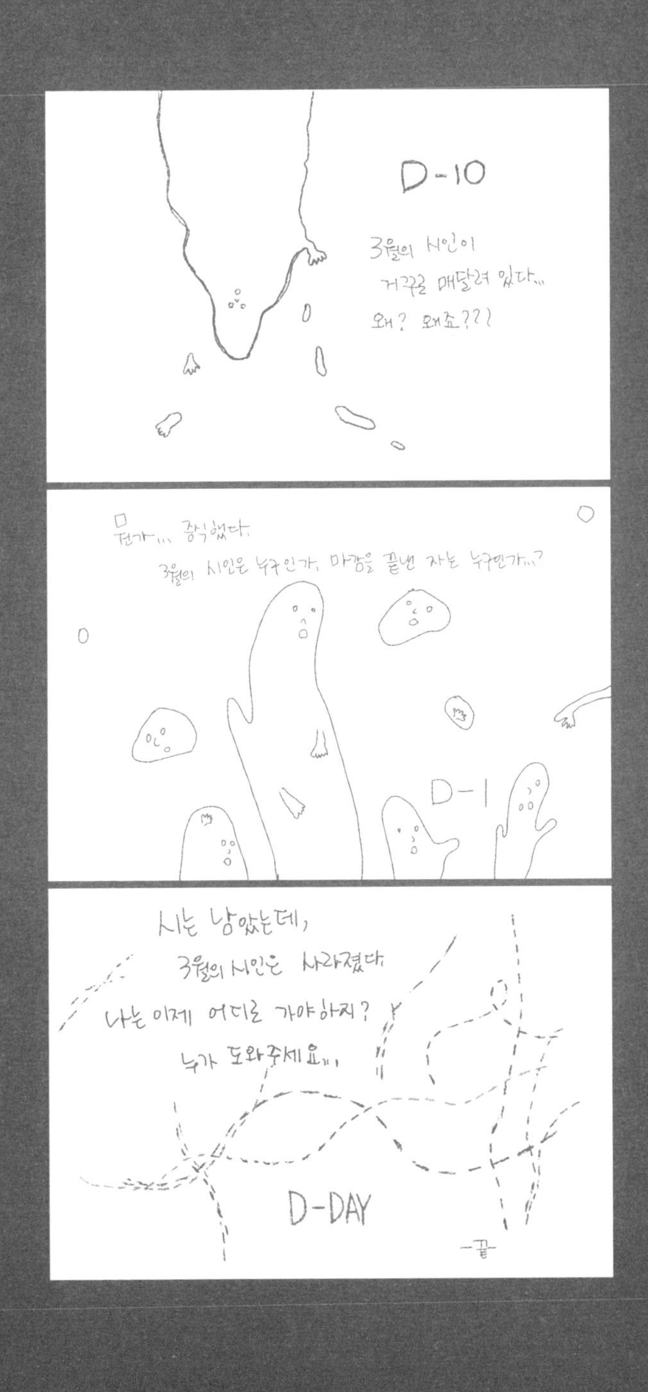
D-10
3월의 시인이
거꾸로 매달려 있다...
왜? 왜죠???
뭔가... 증식했다.
3월의 시인은 누구인가. 마감을 끝낸 자는 누구인가...?
D-1
시는 남았는데,
3월의 시인은 사라졌다.
나는 이제 어디로 가야하지?
누가 도와주세요...
D-DAY
-끝-

2부

모험가들에게

우리에겐 흰 종이가 있습니다.

가세요.

등 뒤를 겁내면서 가세요.

이리 같은
이불 같은 나 같은

요즘엔 밤 아홉시만 되어도 자정을 맞이한 기분입니다.

길거리의 사람들은 이른 시간부터 마신 만큼 몸을 크게 흔들며 소리를 지르고, 마스크를 꾹 쓴 채 서로를 껴안거나 밀치면서 걸어다닙니다. 가게들이 점차로 문을 닫고, 배달 오토바이들이 거리에 더 많아지는 꼭 이런 시간,

나는

"육첩방은 남의 나라" "창밖엔 밤눈이 밤비처럼 속살거리는데", "나는 무얼 바라 다만 이렇게 홀로 침전하는 것일까" 하면서,

어느 "굳고 정하다는 갈매나무" 생각은 못하고, "나를 굴려가는" 큰 것 따위 전혀 고려하지 않고,

어느 사이엔가 “나는 아내도 없고, 또, 아내와 같이 살던 집도 없어지고, 살뜰한 부모며 동생들”과도 멀리 떨어져, “내가 쥔을 붙인” 이 방에 대해 생각해보는 것입니다. 이불 속에 똑바로 누워서 이 방의 천장을, “흰 바람벽” 같은 형광등의 빛 번짐을 올려다보는 것입니다.

나는 이 시들은 참 외롭다는 말을, 참 가난하다는 말을 이렇듯 비참을 두르지 않고 말하는 재주가 있구나 그런 생각을 하고, “두보나 이백같이” 술이나 한 병, 여유가 된다면 한 독 마시고 푹 잠이나 들면 좋겠네 그런 생각을 하다가, 기어코 술을 사러 일어나고 마는 것입니다. 아직 쌓이지도 않은 흰 눈을 밟으러 나가보는 것입니다.

지금까지 내가 유일하게 제 의지로 가질 수 있던 빈 것은
흰 종이뿐이었습니다.

무연한,
흰 종이란 얼마나 아름다운 것입니까?
손으로 감히 쓸어보지도 못할 정도로 티 없이 흰,
종이의 아름다움.

특히 내가 처음 가졌던, 흰 종이는 달력 뒷면으로, 그 부드럽게 휘어지던 흰 면의 매끄러운 감촉을 기억합니다.

그러다 흰 종이 위의 시를 읽게 되었습니다. 제가 읽은 시들은 세간이 없어 빈 벽을 보며, 가질 수 없던 삶의 나날을 그려보곤 하는 어떤, 가난하면서 외로운 이들의 단정한 손끝을 보여주었습니다. 그 시들을 여러 해 동안 읽어 거의 외울 지경이 되어 나는 아, 흰 벽이란 얼마나 아름다운 것일까, 동의하고 말았습니다.

그리고 나도, 빈 벽을 갖고 싶다는 소망을 잠시 새겨본 적이 있습니다.

나는 사면을 책으로 가득 채운 방을 갖겠다는 소망을 긴 시간 내내 가졌기에, 빈 벽을 갖겠다는 상상은 저 시들을 외우면서도 해보지 못했습니다. 나는 내가 좋아하는 책을 쌓아놓은 이 방이 참으로 편안했습니다. 아무때나 아무 곳에서 책을 뽑아서 아무데를 읽고, 빈 곳 중 아무데나 읽던 것을 꽂아놓는 나의 습관이 나를 괴롭힌 적이 없었기 때문입니다—친구들은 질색합니다. 그들은 제 방에 절대 들어오지 않으려고 합니다.

하지만 코로나19가 일상을 뒤바꾼 이후로 빈 벽을 갖고 싶다는 소망이 나를 다시 찾아왔습니다. 줌 등의 화상 회의 기능으로 사람들에게 내 방을 보여주어야 할 때, 화면에 비친 제 책들이 아름답지 않았기 때문입니다. 손님을 초대해놓고 방을 하나도 치우지 않은 느낌—이 느낌을 해결할 방법들을 제안받았습니다. 흰 커튼을 쳐라, 흰 가림막을 세워라, 사람들은 네 방 책장에 대해 전혀 신경쓰지 않을 테니 예민하게 굴지 말아라 등등—이라 상대방에게 실례를 범하는 게 아닌가 싶은 그런 걱정도 들었습니다. 하지만 무엇보다 나를 당황스럽게 만든 점은, 정신과 몸과 마음의 가난이라고만 말하고 싶지만…… 내 실제 가난이 보인다는 점이었습니다. 빈 벽의 없음으로 인해 모니터에 반영된 나의 책장은 참으로. 참으로.

초라해 보였습니다.

내 책들은 그대로였습니다. 그러나 갑자기 나 혼자만 볼 때는 아름답기 그지없던 책장이 모니터 속에서 내 뒤에 등장할 때는 난도질당한 나처럼 보였습니다. 나는 내 생활을 부끄러워하기 시작한 것입니다. 정리를 하자, 마음먹은 적도 있었지만, 묘한 거부감이 들어 선뜻 손을 대고 싶지 않았습니다.

내가 느꼈던 내 방과 내 생활의 아름다움을, 바꾸고 싶지 않았습니다. 빈 벽 대신 흰 종이를 가졌다는, 이 가난을, 이 무한함을 지키겠다는 욕구를 내버려두고 싶기도 했습니다. 내가 정리에 소질이 없고, 게으르다는 말을 이렇게 에둘러 표현하는 것인지도 모르겠습니다. 여하간 나는 이 방이 간직한 혼란스러움과 압박감이 좋습니다. 흰 종이의 아름다움은, 저를 밀어붙이는 생활과의 긴장 간에 있을 것 같습니다.

앞에는 호랑이 뒤에는 이리, 이런 느낌이랄까요.

아니,

앞에는 절벽 뒤에는 이불, 이런 느낌이랄까요.

이 글을 읽으시는 분들 중 얼마나 많은 분이 빈 벽을 보유하고 계실지 나는 알 수 없습니다. 집이 작고, 좁고, 오래 머무르셨을수록, 빈 벽이 없을 확률이 높다고 생각합니다. 하지만 흰 벽이 있든 없든 괜찮습니다.

우리에겐 흰 종이가 있습니다.

가세요.

등 뒤를 겁내면서 가세요.

겁이 안 난다면, 겁내는 사람처럼 흉내를 좀 내보면서 가세요.

호랑이 앞으로, 절벽 앞으로, 흰 종이 앞으로 가세요. 그 앞에서 누워도 되고 앉아도 됩니다. 갔나요. 갔다면, 내 몸이 가장 편안한 자세를 취해보세요(물구나무서기든 스쿼트 자세든 뭐든 좋습니다. 나는 일단 누우렵니다). 그것에서 쓰기 혹은 읽기를 시작합니다. 뒤에서 '나'를 보고 있는 이리 같은, 이불 같은, 나 같은.

나의 생활을 알면서 나를 보지 않는, 흰 종이를 마주보는 것입니다.

이 글에서 인용한 시는 「쉽게 쓰여진 시」(윤동주), 「흰 바람벽이 있어」(백석), 「남신의주 유동 박시봉방」(백석), 「두보나 이백같이」(백석)입니다.

인용된 구절을 찾아보세요! 힌트는 따옴표입니다.

'시'라는 용의자를 찾아서

"시를 뭐라고 생각하시는지? 시 뭘까요?"

본격적으로 시를 쓰는 방법에 대해 이야기하기 전에 먼저 묻고 싶어요.

사실 이 질문은 불편한 질문입니다. 상황에 따라 다소 불쾌하게 느껴지기까지 해요. 애초에 '시'를 '무엇'이라고 정의하는 것이 가능하겠느냐는 논의도 할 수 있겠지요. 다시 말해, 시가 무엇이냐는 질문은 좋은 질문이 아닙니다. 질문이 너무 커요. 게다가 이미 온갖 맥락에 따라 별의별 대답이 산적해 있어요. 결국 이런 질문을 만나면, 나는 상대방에게 먼저 다시 질문을 가다듬어달라고

요청합니다. "그 질문의 의도가 무엇이죠?" 비로소 상대방은 내게 '특정' 맥락을 밝힙니다. '여성으로서' '젊은 시인으로서', '장르적 측면에서' 등등.

이 질문에 어떻게 응수해야 할까요?

비단 저만 하는 고민은 아닐 겁니다. 왜냐하면, 여러분이 시를 쓰기로 마음먹은 순간, 평생 받을 질문 중 하나이기 때문입니다. 의도를 물어 질문의 크기를 줄이더라도 대답을 선뜻 하기란 만만치 않을 겁니다. 답을 할 것인가? 말 것인가? 하기로 했다면 어떤 답을 할 것인가? 고민이 시작되지요. 물론 어떤 사람들은 아무 의도 없이, 질문하기도 합니다. 답하는 저만 진지하고요……. (그러나 질문을 해주는 사람들은 소중해요. 긴 시간 저를 고통 속에 빠뜨리지만.)

그래서 제가 여러분께 시란 무엇인가 궁리해보라고 하는 것이, 여러분의 고통과 불쾌, 불편함을 짐작하지 못해서가 아님을, 원성을 들을 각오로 묻는다는 것을 강조하고 싶어요. 큰 질문에는 큰 책임이 따르는 법이니까요.

때때로 저는 스스로에게 저 질문을 던집니다. 대개는 시가 잘 될 때, 다른 시인들의 시를 읽을 때요. 대신 "(이) 시는 무엇일까?" 혹은 "시란 (나에게) 무엇일까?"로 조금 다듬어 자문합니다. 답이 중요한 게 아니고, 답을 위해 질문을 조정해보는 과정이 중요합니다. 해서 저는 저에게 하던 버릇으로, 여러분께 때때로 질문하겠습니다. "시란 무엇입니까?" 하고. 각종 변주를 곁들여서.

이 글에선 이런 질문을 할게요. "시(의 외형적 특징)는 무엇입니까?"로 먼저.

내 지갑을 훔쳐간 누군가를, 마치 용의자를 특정해보듯, 나를 스쳐갔던 시의 인상착의를 간단히 묘사해보세요.

— 마스크를 써서 얼굴은 잘 안 보였어요. (알 듯 말 듯한 단어들 나열이었어요.)

— 키가 컸어요. (멋있는 한 줄이 있는 세로 형태의 글이었어요.)

— 나를 밀치면서 미안하다고 말했는데 목소리가 좋았어요. (꼭 광고 같았어요.)

— 사람 같지 않았어요. 지갑을 빼가는 줄도 몰랐어요. (남들은 좋다는데 제 눈엔 시 같지 않았어요.)

괄호 속의 말은 실제 강의에서 제가 들은 답변들입니다. 괄호 밖의 말은 제가 용의자처럼 시의 인상을 특정해본 것이고요. 저렇듯 질문을 받자마자, 순간 당신을 스쳐갔던 시에 대한 인상을 머릿속에 대강 떠올려볼까요. 순식간에 벌어진 일이거나 아주 오래전에 벌어진 일이라 기억이 흐릿할 테지만, 외적인 어떤 특징들을 간략히 떠올리면 됩니다. 지금 자신의 시에 대한 인식과 자신의 입에서 나오는 시의 외형에 대한 묘사가 상당히 다를 수도 있는데, 괜찮습니다. 눈 뜨고 당한 일인데 누가 무어라 하겠어요. 문학적 용어로 시의 외형을 설명하면 다음과 같아요.

— 운문이요.

— 행과 연이 있는데, 주제를 알 수 있는 구문이 있는 거요.

— 리듬이 있는 산문이요.

자, 이제 그 시를 만난 장소와 시간을 떠올려 묘사해보세요.

— 유치원에서 본 동시집에서 봤어요.

— 중학교 때 교과서에서 외운 거요. 국어시험 봤어요.

— 출퇴근하는 지하철 스크린도어에서 본 건데, 등단 안 해도 돼요?

— 친구가 당선됐다고 연락을 줘서, 신춘문예란에서 봤는데 하나도 이해를 못했어요.

— 애인이 읽어준 시가 좋았는데, 애인이랑 헤어졌거든요. 근데 그 시인이 누군지 몰라서 책을 못 샀어요.

별것 아닌 것 같지만, 먼저 자신의 기억을 더듬어 시의 외형적 특징을 막연하게나마 구체화하는 작업은 자신이 지금 알고 있는 시의 내용과 형식이 어떤지 알려줍니다. 또한 내가 언제 특정 형태의 글을 '시'로 인식하게 되었는가를 거슬러가노라면, 그 시점으로부터 지금의 나 사이의 시차를 가늠해볼 수 있기에, 지금 자신이 쓰고 싶은 시와 과거의 자신이 시로 은연중에 규정해둔 시와의 차이점을 파악하게 해주고요.

무엇을 쓸지, 어떻게 쓸지는 용의자를 특정한 다음의 문제예요. 저런 과정을 몇 번 해보고 나면, 이제 우리는 '나만 쓸 수 있는 시'가 있다는 기세를 얻을 수 있습니다. 물론 자신의 시가, 혹은 내가 쓰고 싶은 시가 무엇인지 여전히 모를 수 있어요. 상관없습니다. 이것이 용의자를 잡는 것과 시를 쓰는 것과의 차이죠.

쓰면서 내 인식 속의 시와 내가 쓰고 싶은 시가 얼마나 다른지 알아갈 수도 있고, 내 인식 속의 시와 내가 쓰는 시가 유사하다는 것을 알아갈 수도 있어요. 하지만 자신이 품고 있는 시에 대한 인상을 어렴풋하게나마 특정하고 나면 나만 쓸 수 있는 시의 스케치가 생길 것입니다.

나 말고
내 시를 믿자

"신춘문예에 낙방했습니다. 시를 쓰는 게 괴로울 때가 많습니다. 시가 잘 안 써질 때, 어떻게 자기 시에 대한 믿음을 지킬 수 있을까요?"

일단, 익명의 모험가님에게 너무너무 애썼다고 멋지다고 말해 주고 싶어요. 시를 쓰는 것도 힘든데, 자신의 시를 모아 응모했다니요. 모험가님은 대단한 일을 해내신 겁니다. 이것을 아셔야 해요. 그리고 죄송하다는 말씀도 드려야겠네요. "자기 시에 대한 믿음"이 무엇인지, 저도 잘 모르거든요. 모르지만, 고민한 것을 나누고 싶어 답변을 써봅니다.

자기 시에 대한 믿음. 이것은 시를 계속 쓰는 원동력을 의미할까요? 제가 제대로 이해했는지요.

사실 제게 시란 이상한 생물 같습니다. 거의 대부분의 시가, 한 줄을 써놓고 보면 그 한 줄이 다음 줄을 데려오고, 그다음 줄이 또 다음 줄을 데려오거든요. 혼자 있기 싫어하는 줄들의 세상이죠. 저는 그들이 나오는 걸 독려하는 도우미에 불과합니다. 시 쓸 때 제게는 선행하는 '자기'랄 게 없습니다. 그래서 저에게 자기 시에 대한 믿음은 먼저 있는 게 아니라 쓰고 나서 생겨나요. 믿음은 제가 지키거나 만드는 게 아니에요.

민망하네요. 결국 제게 있는 것이라고는 제가 썼던 시와 쓰고 있는 시뿐이거든요.

이것들로부터 시를 계속 쓰는 힘이 나온답니다. 그런데 이건 저만 갖고 있는 게 아니에요. 이 점에 대해서만큼은 자신 있게 주장할 수 있습니다. 완성된 시와 미완성된 시 모두 저만 갖고 있는 게 아니라 모든 시인들이 갖고 있는 것이고, 이 질문을 주신 모험가님도 갖고 있는 것이니까요.

강조하겠습니다. 저는 '썼던 시와 쓰고 있는 시'가 시를 계속 쓰게 하는 힘이라고 생각합니다. 동시에 '자기만의 시'를 만드는 원천이 되기도 하고요. 사실, 저는 저 자신을 믿지 않아요. 시를 쓰고 싶은 마음이나 의지가 시를 쓰게 하는 일도 많지만, 그러지 못할 때도 분명 있으니까요. 그래서 저는 제가 쓴 시를 믿어요. 제 시들을 보면 또, 시가 쓰고 싶어질 거란 사실을 믿고요. 제 가장 최선의 시보다 더 나은 시를 쓰고 싶어질 거란 사실을 믿어요.

시가 잘 안 써질 때야 늘 많지만, 저는 제가 시를 썼다는 사실을 아니까, 다른 시도 쓸 수 있다고 믿고 씁니다.

사실 마감이 있어서 시를 쓰지 않고요. 그냥 자주 씁니다. 쓰고 싶은 게 있어서 쓰는 것도 아니고, 이틀에 하루는 그냥 한 줄 쓰고 한 줄 또 지우는 것을 해요. 이 문장이 왜 여기에 있나, 그런 생각도 쓰는 동안엔 하지 않아요. 일필휘지로 시를 완성하느냐 못하느냐 하는 것은 또다른 문제잖아요. 언제나 꿈꾸긴 해요. 한 번에 완성해서, 내 시가 갓 태어난 송아지처럼 걷고 뛰었으면 좋겠다 하면서. 하지만 극히 드문 경우죠.

오늘 아침에도 한참 썼지만, 쓰고 보니 다 엉망이라 보기 힘들었습니다. 그러나 뭐라도 썼고, 그렇게 한 줄 한 줄 나온 것들을 보며, 와 너희들 누구니, 하고 뒷목을 주무르고, 어둠의 저장소로 보내둡니다. 하루이틀 지나 또 꺼내보려고요.

문제는 이처럼 시를 '계속'(자주) 쓰는 것이 힘들다는 데 있는 것이죠.

좋아하는 일을 한다고 해서 힘들지 않은 것은 아니고, 외롭지 않은 것도 아니니까요.

모험가님이 질문하신 것도, 아마 이 '계속'을 해내는 방법이 궁금해서이지요.

그래서 한 가지, 제가 자주 썼던 방법을 알려드릴게요.

본인이 쓴 시 중 가장 마음에 드는 시를 출력하세요. 그리고 그것을 눈에 잘 보이는 곳에 붙여두세요. 그리고 그냥 보세요. 자신이 쓴 최고의 시를 마음껏 감상해보세요. 그러다가 얼마간 시간이 지나면, 억지로라도 책상에 앉아 새로운 시를 쓰세요. 그리고 새로 쓴 시가 완성되면, 그 시를 내 최고의 시 옆에 나란히 붙여두세요. 그리고 두 편의 시를 함께 보세요. 감상하세요.

꽤 시일이 지나면, 최고의 시든, 새로 쓴 시든 고치고 싶은 부분이 생길 거예요. 붙이자마자 생기기도 해요. 그러면 붙여둔 시들을 떼지 마시고, 그 위에 연필이나 펜으로 수정해두세요. 그러고 또 한참 두는 거예요. 오다가다 보고, 가끔 고쳐보고, 그러면서 눈에 보이는 곳에 그들을 두세요.

그렇게 여러 날이 지나면 그만 됐다 싶은 날이 와요. 그러면 새 종이에 정서해두면 됩니다. 모험가님이 시간과 공간을 들여 완성한 시들을 믿으세요. 그 시들이 또 다음 시를 쓰게 해줄 거예요.

정말입니다.

내 이름은 시인, 탐정이죠

"하고 싶은 말이나 재능이 없고 사유나 상상이 멈춰 있다고 느낍니다. 그래도 글쓰기가 가능한가요. 독서 말고 다른 노력을 알고 싶어요."

질문을 보고 조금 웃었습니다. 질문을 주신 모험가님이 글쓰기에 관해, 혹은 글쓰기를 잘하는 방법에 관해 그간 들어온 말들이 어떤 것이었나 짐작이 가서 웃었습니다. "글쓰기는 타고난 재능이 있어야 해"라든지, "독서를 많이 해야지"라든지. 이런 말들을 들으셨나요? 재능 문제는 언젠가 나눠볼 날이 올 테니 독서 문제부터 짧게 짚고 갈게요. 많이 읽으면 글쓰기에 유리한 것은 사실이에요. 적어도 한 번 쓰고 말 게 아니라면 더더욱요. 그래서 모험가님께선 독서도 쉬지 않고 계속할 예정이니까 그 조언만큼은 말아달라고 조건도 붙이신 거죠? 좋아요.

그럼 다른 조언을 드리기에 앞서 모험가님께서 왜 본인의 "사유나 상상"이 글쓰기에 적합하지 않다고 생각하고 계시는지 알고 싶습니다. 그 판단은 본인이 쓴 글을 읽어보고 내린 판단인가요? 아니면 다른 사람들에게 그런 평을 받은 건가요? 본인의 사유나 상상이 멈춰 있다는 사실을 언제 발견하셨나요?(그건 진실인가요?) 만약 이 판단이 이미 쓴 글 묶음에서 일련의 '막힌' 패턴을 발견하셨기에 내린 결론이라면, 방법은 있습니다. 최근 6개월간 최소 10여 편 이상의 글이 준비되어 있다면 패턴을 지우는 방향으로 글들을 퇴고해보세요. 괴롭겠지만요.

그러나 써놓으신 글이 패턴을 파악할 만큼 쌓이지 않은 상태라면, 다시 말해 저 판단이 모험가님의 막연한 느낌에서 비롯된 것이라면, 보다 확실한 방법 하나를 알려드리죠.

제 이름은 시인, 탐정입니다.

진실은 언제나 하나,

그러나 진실을 구성하는 진실된 요소는 수천, 수만.

그러면 진실은 정말 하나일까요? 탐정이 수많은 거짓을 뒤져 숨어 있던 진실 하나를 가려낸다고 생각하시나요? 아닙니다.

탐정은 진실을 수합합니다. 진실이 먼저 있는 것이 아니라 관찰한 것들이 모여 진실이 되니까요.

진실에 대해서, 진실로 쓰세요.

모험가님이 글이 쓰고 싶다고 하시니, 모험가님은 이제 탐정이 되셔야 합니다. 실전으로 바로 가시죠. 탐문 조사를 시작해야 합니다.

하나의 사건에 대해서 짧은 문장으로 본인이 본 대로 한 단락을 써보세요. 걷다가 본 사소한 사건 하나를 고르세요. 무엇이든 좋습니다. 대신 의심하는 마음으로 사건을 바라봐야 합니다. "다 쓴 마스크가 땅바닥에 버려져 있다"라는 사건을 하나 예로 들게요. 평소의 '나'라면 그냥 지나갔겠지만, '탐정인 나'는 그런 사소함도 그냥 스쳐지나가면 안 됩니다.

다음날은 그 사건에 대해 친밀한 타인이 조사를 받는다면 어떻게 진술할까, 그 친밀한 타인이 봤음직한 방식대로 한 단락을 써보세요. 친밀한 타인으로는 친한 친구나 가족을 추천합니다. 그 다음날은 반대로 그 사건을 생면부지의 타인이 조사를 받는다면 어떻게 진술할까, 무연한 타인이 봤음직한 방식으로 한 단락을 써보세요. 그다음날은, 내가 좋아하는 작가라면 어떨까, 그다음날은 내가 자주 가는 편의점 주인이라면 어떨까, 등등.

하나의 사건을 여러 가지 버전으로 다양하게 써보는 것입니다. 모르는 단어를 써야겠다면 사전도 찾아보고요. 모르는 마음이 있다면 관련 책도 찾아 읽어보세요. 검색도 하시고요. 일을 하시거나 몸이 아파서 시간이 부족하다면, 아주 짧게 한두 문장만이라도 좋습니다. 하지만 도중에 그만두면 안 됩니다. 당신은 이 사건을 맡은 유일한 탐정입니다. 이 방법은 글의 화자가 누구인가를 파악해보는 방식이랍니다.

다음은 그 화자의 말을 다듬는 것입니다.

"다 쓴 마스크가 땅바닥에 버려져 있다." → "퇴근 후 집에 돌아오는 길에 다 쓴 마스크가 땅바닥에 버려져 있는 것을 발견했다." → "퇴근 후 집에 돌아오는 길이었다. 다 쓴 마스크가 땅바닥에 버려져 있었다. 성인용 마스크였다. 정말 버려진 것이었을까?" 등등 한 문장 한 문장 늘려나가세요. 하루에 다 못해도 좋습니다. 하지만 최소 마감일을 정하는 게 완성에 도움이 되니 한 단락당 최소 한 시간에서 최대 하루를 주시기 바랍니다. 예시로 들었던 마스크로 시작하는 글이 방역에 관한 글이 될 수도 있고, 외로움이 대한 글이 될 수도 있고, 공공질서 위반에 대한 글이 될 수도 있죠. 알 수 없습니다. 하지만 그것은 진실로 당신만의 글이 될 것입니다.

후후, 하지만 모험가님. 진실은 언제나 하나.

절대로 바로 잘 쓸 수는 없다는 사실이죠. 그 진실을 가슴에 안아주세요. 아무도 읽어주지 않는 문장을 하나하나 이어 쓰다보면, 당신은 이미 쓰는 사람이 되어 있을 것입니다.

모험가님, 이 시인, 탐정의 이름을 걸고 말합니다.

글쓰기는 자신의 안에 있습니다.

진실은 언제나

하나입니다. 써야 쓰는 사람이 된다는 사실입니다.

방과 가방을 털어 소재를 얻기

"무엇을 써야 할지 모르겠어요. 시인님은 어디서 소재를 얻으세요?"

소재를 어디서 얻느냐는 질문을 자주 받습니다. 그때마다 저는 보고 듣는 모든 것, 모든 일상에서 소재를 얻는다고 말합니다. 다른 많은 시인들도 저와 비슷하게 말할 것입니다. 시인들은 종종 책상 위에 있는 물건만으로도 시를 쓸 수 있고 오늘 먹은 밥으로도 시를 쓸 수 있다고 말합니다. 그렇다면 시인의 '일상'은 글을 쓰고 싶지만 소재를 찾기 어려워하는 다른 사람의 '일상'과 많이 다른 것일까요? 그렇지는 않을 겁니다.

남다른 것, 기이한 것을 부러 찾아다니기에 우리의 수명은 너무 짧습니다. 이미 '나'에게 일상이 주어져 있다는 사실부터 너무나도 기이한걸요. 수수께끼 같나요? 어쩌면 너무나 평범한 이야기여서 오해받을 이야기일지도 모르겠습니다.

●

내가 살아 있다는 것, 내가 보고 듣는다는 것이 저는 늘 신기하고 특별하게 느껴집니다. 재미있는 건, 시를 쓰기 전의 저는 이렇게까지 일상의 기묘함에 대해 많이 느끼는 사람이 아니었다는 것입니다.

모험가님, 저는 시인들이 일상을 더 많이 누리는 사람이라고 생각하면서도, 일상을 덜 누리는 사람이라고도 생각합니다. 말장난 같지만, 사실이 그렇습니다. 제 생각에 모든 사람의 일상에는 그 사람이 의식하고 있는 시공간과 의식하지 못하는 시공간이 동시에 펼쳐져 있습니다. 시인은 대부분의 일상을 이루는, 거의 인지되지 않는 시공간을 인지의 영역처럼 파악하고 잡아채는 훈련이 좀더 되어 있는 사람일 것입니다. 시는 언어로 쓰이는 것이고, 언어는 인지의 영역에 속하는 것이니까요. 쓰여 있는 활자가 인지 가능한 일상이고 행간이 인지 불분명한 일상이라고 할까요.

저는 책을 읽듯이, 정보를 처리하듯이 일상을 살아갑니다. 가끔 너무 많은 자극이 밀려들기 때문에 침착함을 유지하려 애를 써야 할 정도로요.

아주 간략한 비유를 해보겠습니다. 시인은 횡단보도를 건널 때, 그것이 보행자를 위한 표시이면서 동시에 자동차를 위한 표시임을 파악하고 있는 사람입니다. 이어서 횡단보도란 공간에 무엇도 머물러서는 안 되는 이유를 알면서도—사고 방지를 위해—횡단보도에서 머무를 수는 없을까 돌연 솟구쳐오는 다른 시공간의 가능성에 대해, 궁금해하는 사람일 것입니다. 그 생각이 상식적인지 상식적이지 않은지는 별로 개의치 않습니다. 일단 언어화해두고 보는 겁니다.

이렇게 사는 것—예를 들어 횡단보도에 대해서 생각하는 것—이 일상을 두 배로 누리는 것인지, 일상을 반도 못 누리는 것인지는 사람에 따라 다르게 생각할 수 있겠네요. 삶을 구성하는 일상의 모든 것을 언어화한다는 것은 즐겁지만 피곤한 일이거든요.

시인들의 머릿속에는 저런 일상에서 얻은 언어들이 굴러다닙니다. 모험가님도 시를 쓰고 싶다고 하셨으니까, 본인들의 일상을 조금 더 즐겁고 번거로운 방향으로, 언어로 만들어보기를 권하고 싶습니다. 시인처럼 생각해보세요.

이제 실전입니다. 지금부터 아주 익숙한 곳에서 소재를 찾아보겠습니다. 지금 당장 모험가님의 방문을 열어보세요. 그다음 가장 손이 자주 닿는 물건들을 눈앞에 새로 배치해보세요. 그 물건들이 모험가님 당신을 전부 말해주는 것은 아니겠지요. 하지만 모험가님의 일상을 말해줄 것입니다. 더 나아가 모험가님이 남에게 말한 적 없는, 스스로도 생각해본 적 없는 내면에 대해 말해줄 것입니다.

사람들이 남의 방, 남의 물건에 대해 호기심을 품는 이유도 바로 그것 때문이잖아요. 도대체 어떤 사람이 어떤 방에서 지내나, 어떤 물건을 사용하나 궁금해하는 이유는, 방이나 물건 자체에 대한 호기심보다 그 사람에 대한 호기심 때문이니까요. 그러니까 자신의 방부터 한번 털어보는 방법을 통해, '나'도 몰랐던 '시인인 나'에 대해 쓰기를 시작해보는 겁니다.

각각의 물건에 대해 언제 그 물건이 내 손으로 들어왔는지 짧은 문장으로 적어보세요. 생각만으로는 안 됩니다. 컴퓨터를 사용해도 좋고 핸드폰 메모장을 사용해도 좋아요. 내 물건들을 다 언어화해보세요. 한 사람의 소지품을 나열하는 것만으로도 시의 초고가 될 거예요. 그 초고의 제목은 '나'가 되겠네요. 너무 시간을 많이 들이지 마세요. 한 시간 안에 빠르게 쓰는 게 가장 좋습니다. 은유니 비유니 하는 것들은 일단 생각하지 마세요. 대신 상세하게 적어보세요. 뭘 이런 것까지 적어야 하나 할 정도로 상세하게요. 자, 초고가 완성되었나요? 초고를 살펴보면 빌린 것, 얻은 것, 버릴 것, 버린 줄 알았던 것, 산 것 등등 모험가님의 일상이 모험가님이 생각하는 것 이상으로 많은 사람과 연결되어 있고, 많은 시공간과 연동되어 있다는 게 보일 거예요. 그 행간에서 시를 길어내시면 됩니다.

최근 제 일상에서 찾은 소지품은 브람스의 〈헝가리 무곡〉입니다. 이게 뭐가 될지는 아직 모르겠네요. 아, 소지품이 꼭 실체가 있는 물건이라고 한 적은 없습니다.

백 번 불고
백한 번 멈추는 바람처럼

"한 편의 시를 쓸 때 보통 어느 정도 퇴고를 하시나요?
얼마나 퇴고를 해야 할지 잘 모르겠어요."

'퇴고'는 '밀 퇴推(옮길 추)'와 '두드릴 고敲'로 이루어져 있는 단어로, 그 뜻은 글을 쓸 때 문장을 가다듬는 것을 의미합니다. 당나라의 시인 가도가 시를 짓던 도중, 마지막 구절에서 '스님이 문을 두드리다'로 할 것인지, '스님이 문을 밀다'로 할 것인지 고민을 하느라 길에서 시인 한유의 행차를 미처 피하지 못했다고 하지요. 두 사람 덕분에 그 시에 대한 이야기는 사람들이 잘 기억하지 못하더라도, '퇴고'라는 말은 남았습니다. '퇴고'라는 말은 시뿐 아니라, 다른 많은 장르의 글의 수정에도 사용되곤 합니다.

문을 미는 것과 문을 두드리는 게 뭐 그리 차이가 나느냐고 피식 웃을 수도 있겠지만요. 문을 꽝 닫는 것("그렇게 해서 문 부서지겠냐!")과 문을 살짝 닫는 게("왔으면 기척을 하지!") 아주 다른 것처럼, 문이 열리는 장면도 미느냐 두드리느냐에 따라 분명히 다를 것입니다. 사람이 전혀 없을 줄 알고 있기에 별다른 기척을 먼저 내지 않고 문을 밀고 들어가는 사람의 내면과 사람이 전혀 없는 줄 알지만 기척을 만들어 괜스레 문을 두드려보는 사람의 내면은 조금 다르지 않겠습니까?

결국, 사소해 보이는 하나의 문장—혹은 단어—이 시 전반에 영향을 미치기에, 시에서 '퇴고'는 그저 아름다운 문장을 나열하고자 하는 욕망과는 조금 그 결이 다릅니다. 소재주의와도 다르고요.

모험가님,

초고와 완고 사이에 퇴고가 있습니다. 초고는 말 그대로 처음 완성된 상태의 글을 말합니다. 완고는 마지막으로 완성된 글을 말하고요. 사람에 따라 초고가 곧 완고가 되기도 할 것입니다. 초고든 완고든 한 번은 완성되었다는 사실 때문에 독자를 만날 수 있는 글입니다. 그러나 퇴고는 오로지 쓰는 사람만 볼 수 있는 무수한 잔상에 가깝습니다. 퇴고는 독자를 만날 수 없는 글입니다. 퇴고는 완고나 초고와 달리 과정이고 이행이기 때문입니다. 완성된 시에 고민하던 단어들을 모두 집어넣을 수는 없는 것과 마찬가지입니다. 오직 쓰는 사람만 퇴고와 대면할 수 있습니다.

예, 퇴고는 쓰는 사람만 누릴 수 있는 모종의 '기회'에 가깝습니다. 별로 탐내는 사람이 없다는 점에서 '기회'라는 단어를 써도 되는가 잠시 고민했지만, 저는 퇴고를 무척 좋아하고, 퇴고를 하기 위해서 초고를 쓰는 사람이므로, 이 '기회'를 무엇보다 반기는 사람이므로, 이 단어를 선택했습니다. 눈앞에 저더러 누리라고 버젓이 놓여 있는 이 기회를 놓칠 수야 있겠습니까. 저는 눈앞의 기회를 놓치는 그런 사람이 아닙니다. 저는 오는 퇴고 안 막고, 가는 퇴고도 붙잡는 그런 사람입니다.

이만하면 눈치채셨지요. 저는 퇴고를 많이 합니다. 몇 번이라고 세기 어려울 정도로 많이 합니다. 무한정의 목숨을 사용하듯, 저는 시를 몇 번이고 죽였다가 되살립니다. 초고 상태 그대로 발표한 경우는 단 한 번도 없습니다. 제게 주어진 기회를 전부 소진합니다. 시의 길이와 쓰인 단어의 양을 떠나서 송고 직전까지 퇴고를 합니다.

가끔은 오스카 와일드식—오스카 와일드가 남긴 짤막한 일화인데, 그는 오전에 한 단어를 삭제했다가, 그 삭제했던 단어를 오후에 다시 원래 자리에 되돌려놓았답니다—으로 초고에서 거의 달라지지 않는 완고도 있기는 합니다만, 저는 그것도 퇴고라고 생각합니다. 예를 들어, 지금 쓰고 있는 시에는 "다른 사람 같았다"라는 구절이 있었는데요. 그걸 몇 달째 넣었다 뺐다 하고 있습니다. 제 시들을 퇴고 때마다 새로 저장했더라면, 아마도 그 파일명이 "김복희 시 어쩌고저쩌고_최종_최종_최종_최종_최최종_……최최최최(…)최종.hwp"이지 않을까요.

이렇듯 퇴고를 많이 하는 이유는 첫째로는 제 초고가 어디 내놓기 낯부끄럽도록 엉망이기에 그렇고, 둘째로는 쓰는 사람으로서 기회를 충분히 소진하고자 하는 쓰기에 대한 제 원칙과 맞닿아 있기에 그렇습니다.

마지막으로 시쓰기에 대한 제 원칙 중 하나를 소개하겠습니다. 그것은 "치사하게 굴지 말자"입니다. 쓰다보면 가끔, 왠지 모르게 이 정도면 그만해도 될 것 같다는 생각이 들 때가 있습니다. 그때가 기회입니다. 놓치지 마십시오. 가차없이 시의 목숨을 끊어야 합니다. "치사하게 굴지 마, 아까워하지 마" 하면서요. 물론 시가 완전히 죽어버리는 경우도 상정해야 합니다. 너무 많이 고쳐서 엉망이 된 시를 보신 적이 있나요. 저는 아주 많이 보았습니다. 그런 시는 신선이 와도 살리지 못합니다. 애석하지만 할 수 없습니다. 죽지 않을 때까지 죽여보는 것이, 어쩌면 제가 하는 일일지도 모릅니다.

결국 저처럼 퇴고를 많이 하는 사람에게 필요한 것은 '시간'입니다. 저는 사치스럽게 시간을 쓰죠. 그래서 저는 시쓰기를 위해는 시간을 아낍니다. 할 수 있는 것을 다 해요—청소나 빨래 등을 좀 미룬다거나, 술을 마시지 않거나, 돈을 덜 벌거나. 치사하게 굴지 않으려고요. 그래서 기회를 잡을 수 있도록, 충분히 시간을 벌려고 애쓰고 있습니다.

그러면 어떤 식으로 시쓰기에 시간을 내는지 제 방법을 구체적으로 소개하겠습니다.

출력을 합니다.

들고 다니면서 아무데서나(주로 지하철이나 도서관에서) **꺼내봅니다.**

너덜너덜해질 때까지 들고 다닙니다. 고칩니다.

핸드폰 메모장에 옮겨두고 아무데서나(주로 산책할 때) **켜봅니다.**

고칩니다.

소리 내어 아무데서나(주로 방에서) **읽어봅니다. 고칩니다.**

며칠 혹은 두어 달 두었다가

아무때나(주로 오전중) **다시 파일을 열어봅니다. 고칩니다.**

별것 없지요. 틈틈이 시간을 낸다는 점이 중요합니다. 언제고 시의 목숨을 끊을 마음가짐이 중요하고요.

●

모험가님, 백 번 불고 백한 번 멈추는 바람처럼 퇴고하시기 바랍니다.

사실 제가 이 글을 한번 더 퇴고할 수 있다면, 마침내 모험가님이 읽도록 내놓고 싶은 말은 저 한 문장뿐입니다.

절대 독자

"제 시를 사람들이 이해하지 못하는 것 같아요.
그래서 설명을 자꾸 하게 되는데,
그러자니 시가 안 돼요. 이럴 때 어떻게 하면 좋아요?"

얼마 전에 학교 수업 때문에 경제 관련 서적들을 읽었습니다. 인간의 인지로는 시장경제에 영향을 미치는 모든 요소를 파악하기 어려우므로 결국, 손실과 이득에 대한 정확한 예측은 불가능하다는 내용이 기억에 남았습니다. 즉, 한 인간이나 집단이 시장에서 손해를 보는 까닭은 그가 어리석거나 비합리적인 선택을 해서가 아니라, 우리가 손해를 볼 수밖에 없는 임의적 세계에 살기 때문이며, 제한적인 선택을 할 수 밖에 없는 인간이어서라는 것이었습니다.

비단 시장의 이야기가 아니더라도 인간의 삶이란 엄청나게 제한적이고 불안정하지요. 따라서 꼭 투자자가 아니더라도 대부분의 개인들이 타인의 견해에 관심을 갖고 타인의 평가에 자신을 일치시키고자 하는 것은 이상한 일이 아닙니다. 우리 앞의 불확실성을 줄이기 위해서 많은 선택의 부담을 타인에게 기댈수록 심정적 불안함이 줄어드니까요. 그 노력이 실제로 불확실성을 줄이는 데 별다른 기여를 하지 못한다 해도요. 일견 비합리적으로 보이는 선택—근거 없는 확신과 미신에 결정을 맡기거나 기존의 관습을 따르는 등—을 하는 이유도 여기에 있지요.

다수의 사람들이 달려가는 방향으로 함께 달려가는 인간이 되는 것, 내가 원하는 것과 남이 원하는 것 사이의 차이를 없애기 위해, 남이 좋아할 만한 것을 생각하고 그것을 이리저리 예측해 보고, 거기에 자신의 자원을 투자하는 것. 주류가 되고자 하는 것. 더 나아가 다수가 선망하는 대상이 되고자 하는 욕망을 누가 비웃을 수 있겠습니까. 인간은 주류에 속하지 않고 외톨이가 되었을 때 의식주 전반은 물론이고 심정적으로도 생존을 도모하기 어려운 게 사실인데요. 더군다나 인간은 손실과 이득의 양이 똑

같다고 해도 이득에 대한 기쁨보다 손실에 대한 고통에 대해서 더 민감하게 반응하죠. 재산이든 건강이든, 소중했든 소중하지 않았든, 자신의 소유물을 잃는 것을 좋아하는 이는 드물 거예요.

특히 타인과 전혀 다른 선택을 했다가, 그것으로 큰 손해를 본다면, 말해 무엇하겠습니까. 오로지 내 탓이요, 내 탓이요, 내 큰 탓이로소이다, 하면서 가슴을 치겠지요.

서두가 길었네요. 시쓰기에서 시인이 느끼는 괴로움과 손실에 대해 인간이 느끼는 괴로움은 조금 다른 것 같지만, 남의 독해를 신경쓸 수밖에 없다는 부분, 독자가 없을 때 느끼는 고통 등등이 상당히 유사해 보여서 이렇게 구구절절 써보았습니다. 자신이 쓰는 글이 누구에게도 읽히지 않는 글이라고 생각했을 때, 자신을 바꿔야 하나 생각하는 모험가들도 떠올랐고요. 즉, 우리가 읽어줄 이 없어 보이는 시를 쓴 후, 극도의 손실을 입은 듯이 괴로워하게 되고 하소연할 곳도 없는 억울한 심정에 사로잡히는 일이 비상식적인 일이 아님을 말하고 싶었습니다. 소위 잘 팔리는 작가가 되고 싶은 이부터, 자신이 사랑하는 사람에게만큼은 자신의 글을 이해받고 싶은 이까지, 쓰는 사람은 언제나 불안함과 약간의 비애 속에서 자신이 완성한 글을 봅니다. '내가 쓴 게 읽힐까? 아무도 안 읽을지도 몰라' 같은.

사실 몇 년 전의 저라면 모험가님께 이렇게 말했을 것입니다.

다른 사람을 신경쓰지 마세요. 오직 당신이 원하는 것을 쓰세요!

아직도 이 말이 틀린 말은 아니라고 생각합니다만, 요즘의 저는 이 말이 모험가님께 쉽게 드릴 수 있는 말도 아니라고 생각합니다. 위에 늘어두었듯이 우리는 이 세상에서 완전 고립된 인간이기 어려우니까요.

그러면 모험가님의 욕망이자 시인의 욕망 중 대부분이 동의할 만한 욕망에 대해 한번 이야기해보겠습니다. '읽히고 싶다'는 욕망 말입니다. 독자를 갖고 싶다는 욕망이요. 누구에게도 읽히고 싶지 않은 글을 쓰고 싶다는 시인들도 있기는 합니다만, 저는 그런 욕망에 대해서는 의구심이 있습니다. 시인이 독자를 일절 염두에 두지 않고, 시를 쓸 수 있을까요? 모든 글은 본질적으로 독자—쓰는 사람 자신이 제1독자가 되겠지요—를 상정하는데요. (누군가 자신이 쓴 것을 자신조차 읽지 않고 계속 '쓴다'는 행위로서 시를 수행하는 시인이 된다면, 그는 독자를 염두에 두지 않는 시인일 수도 있겠네요. 쓴 것은 누구도 보지 못하게 즉시즉시 파쇄하고요. 그러면 그것은 행위예술로서 시일 수 있으나, 지금과 같은 형태로 향수되는 시는 아닐 수 있겠네요. 재미는 있겠네요. 하지만 이런 특수한 경우는 제외하도록 하겠습니다.) 읽히고자 하는 우리의 욕망을 돌아보며, 모험가님께 몇 가지 제안을 드리고자 합니다.

첫째는, "모든 독자들에게 사랑받으려는 마음을 버리세요"입니다. 무수하고 다양한 독자의 입장에 따라 우리의 글은 무수하고 다양하게 해석될 테니까요. 어떤 선택을 해도 손실과 이득을 예측할 수 없는 세상에 속한 인간이 우리인 것이라면, 그 투명한 미래를 받아들이면 될 일이 아닌가 싶어요. 우리가 쓰는 한, 모두에게 사랑받기는 어려울 겁니다. 어쩌면 자기 자신에게조차 사랑받지 못하는 시를 쓰는 날도 보내야 할 겁니다.

둘째는, 이게 더 중요한 건데요. "'절대 독자'의 존재를 믿으세요"입니다. 내가 무엇을 써도 그 글을 알아보고, 내가 무엇을 쓰지 않아도 더 깊이 헤아리는 존재가 있음을 믿어주세요. 내가 쓴 것보다, 내가 읽는 것보다, 더 성실하게 더 치밀하게 읽어주는 독자 말입니다. 저는 제 시의 '절대 독자'가 반드시 있다고 상정합니다. 사실 서점 어디선가, 도서관 어디선가 그런 독자가 제 시를 읽고 있다고 믿어요. 지금 바로 내 눈앞에 있지 않거나, 나와 다른 시간대에 살고 있거나, 평행 우주에 산다고 믿고요. 그러면 불안감이 사그라듭니다.

모험가님,

'절대 독자'를 신경쓰세요. 오직 쓰세요!

절대 독자는 내가 무엇을 쓰든 다 읽어줍니다. '내'가 걱정할 것은 오히려, 절대 독자가 내 글에서 읽어낼 불성실일 거예요. 우리가 할 일은 다만 쓰는 것, 그뿐입니다.

3부

나는 금붕어를
주었는데
너는 개구리를
받았네

고리

인간 몸을 이해하고 싶을 때, 통상 내가 넣어보는 검색어는 이런 것이다. '옆구리 통증' '발바닥 통증' '두통 이유' '수면 장애' 등등. 그러나 통증이나 장애를 유발하는 요인과 그 해결책에 대해 제대로 된 정보를 찾는 일은 거의 없다. 그냥 가죽을 걷어보고 근육을 걷어보고, 뼈를 걷어보고, 해부해서 살펴보는 것이다. 검색해서 나온 페이지를 통해 인간 구경을 하는 것이다. 팔도유람식으로.

예를 들어, 나는 심장이 팔꿈치에 있지 않다는 상식이 있는 인간이지만, 팔꿈치가 두근거리는 느낌이 들 때, '팔꿈치 두근거림'이라는 검색어를 검색창에 넣어보기도 하는 인간이다. 혹시 심장이 팔꿈치에 있는 인간이 세상에 있을지도 모르니까. 그러면 인간의 정의가 바뀔 수도 있을 테니까.

만약 심장이 팔꿈치에 있었다면 인간의 몸은 다른 형태로 진화했을 것이다. 팔꿈치는 두 개니까, 심장이 두 개면 어땠을까. 분당 뛰는 심장박동이 두 배가 되니까 수명이 두 배는 더 짧아졌을까. 아니면 분당 혼자 뛸 심박을 둘이 나눠서 뛸 수 있으니까 수명이 두 배는 더 길어졌을까. 수명이 꼭 심장만의 문제는 아니겠지만……. 이렇듯 난립하는 생각 덕에 검색어를 계속 달리 넣어보게 되고, 그러다보면 인간 말고 다른 동물을 발견하는 일도 있다.

해양생태박물관의 어두운 실내를 배경으로 희고 큰 뼈가 공중에 떠 있는 사진을 봤다. 유령이 있다면, 꼭 저런 모양일 것 같았다. 그것은 대왕고래의 뼈였는데, '두근거림'과 '심박수'라는 검색어를 따라가다가 찾아낸 것이었다.

동물계 척삭동물문 포유류 고래목 수염고래과의 대왕고래는 흰긴수염고래가 본명칭이지만, 지구상에서 가장 큰 동물일 거라는 추측 때문인지 '대왕고래'라는 별칭이 잘 어울린다. 한 논문에 의하면 대왕고래는 심박수를 1분에 최대 2회 정도까지 줄일 수 있다고 한다. 건강한 사람의 심장이 분당 60회에서 100회를 뛰는 것과 비교하자면, 정말로 대왕고래는 인간과 다른 종인 것이다. 심장이라는 명칭은 함께 사용하지만, 바다에서 유용한 심장과 육지에서 유용한 심장은 다르다. 고래에게는 고래의 심장이, 인간에게는 인간의 심장이 필요하다. 납득하고 자시고 할 문제도 아니다.

하지만 어렸을 때나 지금이나 나는 새, 곤충, 물고기와 인간의 '류類'가 다르다는 것을 잘 받아들이지 못한다. 그 육체와 생애의 수많은 다른 점들을 흐린 눈으로 지나치고, 비슷한 한두 가지 특성을 선별한 후, 나와 다른 그들을 이해하는 것이다. 나는 인간과 비인간을, 다 같은 '류'로 엮곤 한다. 인간도 인간으로 보지 않고, 비인간도 비인간으로 보지 않는다. 너무 달라서 절대로 이해할 수 없는 어떤 대상을 마주할 때처럼. 이것은 인간중심적인 사고일까? 아니면, 인간한계적인 사고일까?

아니, 이것은 인간들 틈에서 인간을 이해하지 않기 위해 안간힘을 쓰고 있는 가장 인간적인 사고일까?

얼마 전에는 '잠'을 찾다가 '겨울잠'을 찾았고, '겨울잠을 자는 동물'을 찾다가 '곰'을 찾았고, '곰'을 찾다가 "곰 창날 받듯"이라는 속담을 찾았다. 곰을 잡기 위해 곰의 앞가슴에 창을 대고 지그시 밀면 곰이 창을 자기 쪽으로 잡아당겨 스스로 찔려 죽는 특성을 빗대어, 사람됨이 우둔하고 미련하여 스스로 자신을 해치는 일을 비유하는 속담이다. 곰이 슬프고, 곰 같은 인간이 슬프고,

스스로 해치다라는 말이 슬퍼서 한동안 그 속담을 떠올리며 출퇴근을 해냈다. 나는 인간이 하는 일을 찾다가 인간이 아닌 것을 찾고, 거기서 도로 인간을 찾는다. 의식하고 보니 그런 고리 속에 있었다.

나는 동물을 애호하지 않는다.

나는 인간을 애호하지 않는다.

나는 동물과 인간이 서로 다르다는 것을 알지만, 인간에 기대어 동물을 파악한다.

나는 인간과 인간이 서로 다르다는 것을 알지만, 인간에 기대어 인간을 파악한다.

단순하게 빠르게 가볍게 돌거나, 복잡하게 느리게 무겁게 돌거나. 이 고리를 타고 도는 일은 내가 잘하는 일이고, 좋아하는 일이다. 너무나 자연스럽다. 스스로 그러한 일에 단일한 이유가 존재하지 않는 것처럼, 수많은 질서가 얽혀서 나를 잘 돌게 해준다. 그러나 늘 바깥으로 나가고 싶다. 나는 왜 이 고리 바깥으로 나가고 싶을까? 인간도 비인간도 아닌 종족을 발견하고 싶다. 바깥에 아무것도 없다는 말, 바깥 따위는 없다는 말, 애초에 고리는 안팎 구분이 모호하다는 말, 그런 말 바깥으로.

여름에게
초대된 사람

잠시 지붕 없는 곳에 있었을 뿐인데, 바지 밑단, 운동화, 양말, 어깨 모두 비에 골고루 젖었다. 우산을 썼지만 별 소용이 없었다. 집으로 들어오자마자 차가운 물로 손과 발을 씻으며, 얼마나 놀라운 일인가 잠시 감탄했다. 바깥에 쏟아지는 비를 두고 수도를 열어 정수된 물을 사용해 손발 따위를 씻다니, 경이로운 일이 아닌가 말이다. 그러면서 동시에 어쩐지 여름을 제대로 나는 게 아닌 것 같다는 생각이 들었다. 극단적으로 말하자면 물동이를 들고 우물가로 물을 길으러 가는 노동에서 자유로워진 것은 분명 다행한 일이지만, 물을 쉽게 사용하는 여름이 아직도 나는 신기하다.

나는 도서 지역에서 유년 시절을 보냈다. 그 말인즉슨 비가 조금이라도 내리는 날이면, 집 안의 고무대야란 고무대야는 다 내와 내리는 빗물을 받아두어야 했다는 뜻이기도 하다. 도서 지역이라고 해도 상하수도는 갖춰져 있는 시내에서 살았으므로, 우물로 물을 길으러 가는 그런 일은 없었지만, 툭하면 단수가 되었다. 해서 우리집만이 아니라 어느 집에나 어린애 키만 한 물통이 있었다. 비가 오기 시작하면 다들 바빴다. 빗물이 찰랑거리며 차오르던 고무물통 위에 역시 비를 맞으며 떠 있던 플라스틱 바가지가 가끔 기억난다.

하지만 도시에 와서 살면서 나는 여름을 보내는 일에, 특히 비가 오는 날에 게으름뱅이가 다 됐다. 7월이 오는데도 아직 선풍기를 꺼내지 않았고 에어컨 리모컨에 건전지를 갈아두지도 않았다. 가만히 있으면 그다지 덥지 않으니까, 더군다나 비까지 내리니 방바닥에 착 달라붙어 있으면 조금 서늘하니까, 조금만 더, 조금만 더, 그러면서 여름맞이를 미루고 있는 것이다.

기계 소음 하나도 없이, 방바닥에 몸을 딱 붙인 채로 창문에 부딪히는 빗소리를 듣고 있으니 비로소 내가 여름 한가운데에 있다는 게 실감이 난다. 이름난 휴양지에 가거나 시원한 카페나 식당에 가서 빙수나 콩국수를 먹는 것도 여름을 나는 방법이긴 하지만, 자주 해서는 안 되는 일처럼 느껴진다. 너무 차가운 맥주를 마시는 것도 조금 꺼려진다. 그것들은 내게 너무 편하고 쉬워서, 비일상적인 여름 같달까. 나에게 여름 속의 일상은 그야말로 더위에 축 늘어져서 느릿느릿 일상을 꾸려가는 일에 가깝다.

여름이든 아니든 시인으로서 내 일상은 무척 단조롭다. 내 일상은 늘 실내에서 실내로, 책에서 책으로, 큰 변화 없이 굴러간다. 그래서 여름이 싫다고 말할 자격이 없다는 느낌이 든다. 느리게 살아도 문제없는 내가 여름을 싫다고 말하는 건, 배부른 소리 같다. 나는 크게 아픈 곳도 없고, 돌봐야 할 어린이나 노약자, 동물과 함께 사는 것도 아니다. 땡볕에 일을 하는 것도 아니고, 열기로 가득한 공간에서 몸을 움직이는 일을 하는 것도 아니다. 나만 적당히 챙겨도 되는 일상을 누리는 와중에 에어컨을 튼다거나 선풍기를 쐬는 것은 반칙처럼 느껴진다. 더 좋은 곳에 가야 할 에너지를 내가 쓰는 것이 옳지 않은 일처럼 느껴진달까. 혹시 남의 몫으로 가야 마땅한 것을 나 잠깐 좋고 편하자고 쉽게 써버리는 건 아닐까, 그런 생각.

그래서 최소한 초복은 지나줘야 냉방기를 꺼내야 맞지, 그런 마음이다. 절대, 선풍기 날개를 닦아야 해서, 에어컨 필터 청소를 해야 해서 이렇게 버티는 게 아니다.

당장 더워서 기절할 것 같지는 않으니까, 할 만하다. 내 일상에 여름이 들어온 것이 아니라, 여름이라는 일상에 내가 들어간 것처럼 사는 것이다.

여름에게 초대된 사람 중 한 명으로서 여름과 사이좋게 지내고 싶다. 언제까지고 이렇게 젊을 수도 없고 언제까지고 이런 무난한 일상을 살 수 있을지 모르는데, 여름에게 함부로 굴었다가 나중에 된통 당할까봐 걱정도 된다. 더 더워져도 딱히 여름은 괘념치 않을 것 같다. 사람인 우리들만 죽어날 것이다. 요즘 나는 텀블러도 들고 다니고, 손수건도 사용하고, 고기도 먹지 않는 등 여름을 지키는 일에 몰두하고 있지만, 뭔가 더 해야 하는 건 아닐까 두리번거리고 있다. “여름에게 초대된 사람!” 하고 누가 외치면 “저요! 저요!” 손들고 싶다.

지구를
포기하는 방법에

반대한다.

나는 원전에 반대하고, 전쟁에 반대하고, 성차별에, 인종차별에 반대하고, 성매매에 반대하고, 공장식 동물 사육에 반대하고, 모피에 반대하고, 애견숍에 반대하고, 내가 아는 모든 폭력에, 체벌에 반대하고 또 당장 적을 수 없는 많은 것에 반대한다. 뭐 당연한 걸 이렇게 구구절절 나열하나 싶지만, 부끄럽게도 나는 '내가 이것을 반대합니다'라는 생각을 미리 해두지 않았던 대부분의 상황에 대해서, 미처 호불호도 표하지도 못하고 휩쓸리곤 했다. 상황이 먼저 있고 말이 너무 늦게 찾아오면, 혹은 말이 나를 찾아오지 않으면 나는 급격히 무기력해지곤 했다. 대처하기에 최적기는 다 놓쳐놓고 '그때 내가 왜 웃었지(그때는 내가 그걸 반대하고 싶어하는 줄 몰랐어)' '그때 내가 왜 그냥 지나갔지(그때는 그게 무슨 말인지 이해하지 못했어)' 등등 온통 '그때'에 사로잡혀 현재와 미래를 엉망으로 만들어왔다. 그래서 나는 최근 몇 년 전부터는 이런저런 두려움과 귀찮음을 무릅쓰고, 무력감에 반대하기 위해, 나는 지금에 반대한다고, 나는 먹고 싸는 것도 당연하게 생각할 수가 없다고, 당연한 일이 하나도 없다고, 나는 당연함에, 지금에, 반대하고 그리하여 존재한다고 노상 뇌고 종종 혼자 보는 일기에 적어두는 인간이 되었다. 아무도 묻지 않아도 반대의 마음 상태를 중얼중얼 연습해서, 툭 치면 나오도록, 안 쳐도 나오도록. 그게 내 기본값이 되도록, 나 자신이 변했으면 좋겠다. 그러고 적어두고 읽어보기도 한다.

빈센트 밀레이의 시 중에 이런 것이 있다.

혐오스러운 종족이여, 계속 스스로를 파괴하라, 죽어 없어져라.

더 빨리 번식하고, 떼 지어 모이고, 침입하고, 찬송하고, 폭격기를 만들어라.

연설을 하고, 동상 제막식을 거행하고, 사채를 발행하고, 시가행진을 하라.

당황한 암모니아와 심란한 셀룰로오스를 다시 폭약으로 전환시켜라.

희망찬 젊은이들의 육체를 다시, 파리를

끌어 들이는 부패물로 전환시켜라.

권고하고, 기도하고, 침울한 얼굴을 하고, 심각해지고, 거의 압도당하고,

사진 찍혀라.

협상하고 공식을 완성하고,

인체 조직에 해로운 박테리아를 상품화시켜라.

죽음을 시장에다 내놓아라.

번식하고, 떼 지어 모이고, 확장하고, 스스로를 파괴하라, 죽어 없어져라.

사피엔스라고 불리는 호모여.

— 빈센트 밀레이, 「인간을 불러본다-세계가 다시 전쟁을 할 참이라는 것을 생각하면서」, 『죽음의 엘레지』, 최승자 역, 읻다, 2017, 139쪽

전쟁으로 다 죽이고 죽겠다는 인간에 대한 분노를 쓴 시로 보이지만, 꼭 그렇게만 읽을 필요는 없을 것이다. 이 시는 우리로 하여금 인간이라는 종이 스스로 불러 되풀이해온 어리석음, 이기심 등을 들여다보게 한다. 인간이 이윤 논리를 위해 많은 것을 희생시키고 빚지고 있으며, 그에 대해 눈 가리고 모른 척하고 있다는 것. 이것에 대해 빈센트 밀레이가 이미 아프게 써두었는데, 내가 지금 또 쓸 것이 있을까? 하지만 나는 지금에 반대하니까. 반대해야 하는 일에 대해 내 말로 쓰고 읽어두지 않으면 모를 수도

있으니까, 조금 더 해보겠다.

20세기 들어 지구의 기온은 큰 폭으로 상승했으며 이에 따라 만년설과 빙하가 녹아 지난 200년간 해수면도 지속적으로 상승했다. 큰 산불, 큰 태풍, 큰 홍수, 큰 가뭄에 더해 전 지구를 휩쓴 전염병 등 인간을 허물기 좋은 재해가 더 자주 나타나고 있다. 지구를 보호하지 않으면 인간은 절멸할 것이라는 예측이 각 국가, 기업, 환경단체에서 심심찮게 들려온다. 이런 빈번한 경고에도 불구하고 악화일로로 치닫고 있다는 생각이 들 때가 많다. 기후위기에 반대하고 싶다. 하지만 이 반대는 틀렸다. 기후위기를 일으키는 인간에게 반대해야 한다. 극단적으로 반대하고 싶어진다. 빈센트 밀레이의 시구절을 빌려 말해본다. “죽어 없어져라.”

그다음엔 이렇게 말해본다. ‘인간은 공해다. 지구를 지키기 위해서는 공해 요인을 제거해야 한다. 그러므로 인간은 제거되어야 한다.’ 이 문장들은 아주 단순해서 꼭 맞는 말 같고, 극도로 추상화되었기 때문에 더더욱 그럴싸해 보인다. 인간은 매초 이산화탄소를 내뿜고 남녀노소 불문하고 매일 뭔가를 생산해내는데, 거의 일회용이 태반이다. 나는 쓰레기에 반대하지만, 인간은 쓰레기를 만든다. 나는 인간이다. 그러니까, 나는 쓰레기를 만든다. 너무나도 슬프다. 죽어서도 나는 일단 쓰레기를 양산해낼 것이다. 내가 죽어 장례식을 치른다면, 얼마나 많은 쓰레기가 나올지. 죽든 살든 인간이라면, 갓 태어난 아기마저도 곧장 쓰레기를 만들어낼 수 있다는 사실은 부정하기 어렵다. 인간의 관점에서 쓰레기가 아닌 것들도 비인간의 관점에서는 충분히 쓰레기일 수 있다. 다시 사용하지 않는 것들, 뭔가를 파괴하는 것들, 자리를 차지하는 것들, 증식하는 것들 등등 쓰레기를 표현할 수 있는 말은 얼마나 많은지. 인간이 걸친 것, 먹는 것, 지니는 것 전부 잘 썩는 쓰레기인지 썩지 않는 쓰레기인지의 차이이고, 곧장 없앨 수 있는 쓰레기인지 아닌 쓰레기인지의 차이만 있다.

그러나 이 모든 혐오할 만한 이유에도 불구하고 나는 인간의 절멸에 반대한다. 쓰레기를 만든다는 점 외에도 인간에게 (이 지면에 쓰지 않은) 혐오스러운 점이 있음을 안다. 그럼에도 불구하고, 나는 인간이 살아가길 바란다. 나 자신의 생을 아직 저버리고 싶지 않기 때문이다. 나는 살고 싶다.

살고 싶어하는 나라는 인간을 살아갈 수 있도록 도우면서 인간이라는 종을 혐오한다고 말하는 것은 기만이다. 나는 동족을 미워하지 못한다. 몇몇 사랑스러운 사람들 때문에라도 인간을 혐오하지 못한다. 안타깝게도 나는 혐오를 이길 정도로 아름다운 인간의 좋은 점도 사랑스러운 점도 본 적이 있다. 나는 개개인의 차이를 지우는 인간혐오에 반대한다.

물론 지금을 유지하자는 건 아니다. 지금에 대해 반대하지 않으면 다음 세대가 지금 이 세대가 저질러놓은 기후위기에 대한 결과를 고스란히 감당해야 한다. 이에 대해 툰베리가 그랬다. "How dare you!!" 그렇다. 감히, 이대로는 안 된다. 그래서 또 궁리해 말해본다. '문명의 발달은 공해를 발생시킨다. 지구를 지키기 위해서는 공해를 발생시키지 말아야 한다. 그러므로 문명 이전으로 돌아가야 한다.' 나만이 할 수 있는 말도 아니고, 틀린 말도 아닌 것 같다. 인간을 제거하는 것보다는 문명을 박살내는 게 좀 낫겠다 싶은 생각도 든다. 다 같이 죽는 것보다는 잘못한 사람들만 죽는 게 괜찮지 않나 싶은 질 나쁜 의견도 생기려고 든다. 그래서 모두 난데없이 죽지 않을 수 있는 미래에 대한 상상을 해봤다.

인간이 깊은 숲이나 바다 근처에서 소규모로 모여 문명과 접촉하지 않은 채 살아간다면 공해를 일으키지 않을 수 있을까. 지구에 살짝만 기대서 살 수 있지 않을까. 그러나 이런 가설은 무의미하다. 규모의 차이만 있을 뿐 인간은 어떻게든 숲을 태우고 바다를 메웠을 것이다. 모든 종이 그러하듯 다만 살아남기 위해서. 제 집단을 유지하기 위해서. 그러니까 지구 환경의 오염도를 가속화하고 있는 지금과 꼭 같은 방식의 문명이 아니더라도 인간이 어떤 식으로든 환경에 영향을 미칠 것이란 사실, 그 안에 쓰레기 생산이 포함될 거란 사실은 변함없을 것이다. 그게 이 종의 특질이다. 다시 빈센트 밀레이의 시를 빌려 말해본다. 이런 것도 문명이라고 애지중지하고 있는 호모사피엔스란 실로 혐오스러운 종족이다.

인간에 대한 다소 부정적인 성찰을 해나가면 나갈수록, '문명을 지우자, 자연으로 돌아가라'라는 말을 해야 할 것 같지만, 어불성설이다. 나는 문명을 지우자는 주장에 반대한다. 지금의 문명에 반대하는 것과 문명 자체에 대해 반대하는 것은 엄연히 다른 문제다. 기후위기가 심해질수록 내가 배우게 된 것은 국가 간, 지역 간, 계급 간, 성별 간 불평등이 심해진다는 사실이었다. 자연이 파괴되는 만큼이나 인간도, 인간성도 파괴되는 중이었다. 그리고 그런 결과는 고스란히 다시 인간이 감당해야 한다. 바로 그런 이유로 나는 과학문명, 산업문명, 도덕문명(?) 이전으로 돌아가자는 주장에 반대한다.

며칠 전 옷걸이에 걸려 있던 재킷을 입었다가 황급히 벗었다. 곰팡이가 가득 피어 있었다. 거의 50여 일간 지속되었던 올해 여름비 때문이었다. 옷 관리를 스스로 하면서부터 거의 십 년간 한 번도 그런 적이 없어서 비가 그렇게 오는 내내 미처 조치를 취할 생각을 하지 못했다. 다시 보니, 여기저기 옷이고 신발이고 곰팡이가 피어 있었다. 뭐가 문제였지? 온도와 습도가 적절히 관리되는 집에 살지 못하는 것? 그러니까 내가 주거비용을 충분히 못 버는 것? 장마와 옷 관리를 연결 짓지 못한 것? 그러니까 내가 내 살림 관리 비용을 감당하지 못하는 것? 코로나19 때문에 일거리가 많이 줄었다는 것? 내가 지금의 나라는 것?

당장 집이 없고, 마스크가 없어 오도 가도 못하는 사람들도 있는데 나는 고작 내 물건에 곰팡이 핀 에피소드에 대해 쓰고 있다. 이런 것이 불평등이다. 공동쉼터 등도 제대로 운용되지 못하는 동안 주거취약자들은 어떻게 지냈을지 나는 알지 못한다. 모든 사람이 공통으로 재난의 시대를 겪고 있지만, 어떤 사람들은 재난을 더 가깝게 겪는다. 등교 제한 동안 급식을 먹지 못하는 아이들의 끼니와 집집이 인터넷이 안 되고 컴퓨터가 없을 수도 있는데 인터넷 수업은 어떻게 진행되었을지 등등.

집이 안식처가 아닌 사람들이 많음을 안다. 도서관이나 학교라도 가지 않으면, 거기서 보호받지 못하면 허물어져버리는 삶도 있다. 기후위기로 인해 가시화된 각종 불평등을 통해 보고 듣게 된 것은 우리가 다른 종의 생을 이용함은 물론이고, 같은 종인 인간의 선의와 인간의 법질서에 기대어 살아왔다는 사실이었다. 실로 한 인간이 인간으로서 삶을 이어가도록 하는 것은, 개개인의 노력만으로 가능하지 않다는 것을 체감했다.

개개인의 노력이 미약할 때 문명이 해야 하는 일이 있다. 사회적 약자를 돌보고, 모두 함께 조금 더 풍요로운 삶으로 가는 일, 소외된 자 없이 함께 살아가는 일 말이다. 혐오를 배양하지 않고, 조금 더 나아지기 위해서, 인간이 인간이라서 다행인 여러 가지 즐거움과 선함을 인간에게 프로그래밍하는 일이 문명의 역할이라고 나는 생각한다. 그래서 문명 이전으로 돌아가, 재난이 닥쳐왔을 때 사회적 신체적으로 약한 자들이 가장 먼저 죽기만을 기다리는 그런 세상을 나는 원하지 않는다. 그 세상에 반대한다. 약육강식의 세계로부터 떠나오기 위한 부단한 노력의 자취가 바로 인간의 역사, 문명이 아니었나?

기후위기가 나와 연관이 있는 것이라는 생각에서 내가 그 연관을 만들고 있다는 생각까지 하는 것은 어렵지 않다. 그렇다면 기후위기를 극복하기 위해 내가 인간으로서 할 수 있는 일이 있다고 생각하는 것은 망상일까?

만약 지금 할 수 있는 일을 하려 애쓰는 것을 망상이라고 여긴다면, 이미 망해가는 지구가 아예 가속도로 망하도록 부채질하고, 프런티어 정신이니 뭐니 해서 우주 식민지를 개척하려 떠나, 지구 바깥으로 갈 생각을 해야 할까? 끝없이 뭔가를 박살내면서 우리들 그렇게 옮겨다녀야 할까? 그게 프런티어 정신이라면 나는 프런티어 정신에 반대한다. 나는 폐허만 남기는 프런티어 정신이 도리어 망상이라고 생각한다. 이 망상에 반대한다.

지구를 파괴하는 좋은 방법은 인간을 혐오하고, 거기서 상상하기를 멈추는 것이다. 인간과 자연을 모두 사랑할 방법을 상상하는 것은 망상이 아니다. 상상 끝에 자연과 노동자를 착취하거나 수탈하지 않고 우리의 문명을 발전시켜나갈 방법을 찾아낼 수 있지 않을까?

소외라는 개념 자체가 사라질 정도로, 사회의 구성원 전체, 지구 구성 종 전체를 지켜가면서 살아가는 것에 대해 상상하면 안 되는 걸까? 그런 인간도 가능하지 않을까. 빈센트 밀레이의 시를 읽으면서 혐오보다 반성에 무게를 두고 지금보다는 나아질 삶을 상상할 수도 있지 않을까. 구원은 원래 예기치 않은 곳에서 온다고 했다. 인간을 사랑해버리고, 더 나아지도록 해버려야지. 그것이 지구를 포기하지 않는 방법 중의 하나가 될 것이다. 대충 살자는 게 아니다. 우리는 대단히 혐오받기에 좋은 성질들이 많으니 노력해야 할 것이다. 일단 상상을 시작해야 할 것이다.

말줄임표라는 쿠션

요즘 사람들과 문자를 하거나 온라인으로 소통할 때 나도 모르게 말줄임표를 붙인다. 언제부터 그랬는지 모르겠다. 정신을 차리고 보니 이미 그런 상태였다. 말줄임표 없이는 대화를 나누지 못하는 사람처럼 대화하고 있었다. 문장 끝에 붙이는 것은 당연한 일이었고, 심하면 단어와 단어 사이, 더 심하면 글…자…와…글…자…사이에 말줄임표를 넣는 것에도 망설임이 없는 사람이 됐다.

어째서 이렇게 말줄임표 사용이 잦아졌을까. 여러 가지 이유를 생각해보다가, 다른 친구들의 이유도 궁금해서 물어보기 시작했다.

"나 말줄임표 없이 너희와 이야기를 할 수가 없는 지경에 이르렀는데, 혹시 너희들도?"

친구들도 심상치 않게 말줄임표를 쓰고 있다고 판단을 내렸기에 던진 질문이었다.

괜히 친구 사이가 아니었던지 그들 역시 말줄임표 없이는 댓글도 달지 못하는 지경에 이르렀다고 답했다. 상근직 친구들은 어쩐지 출근하느라 힘이 없는데 힘이 없다는 걸 적극적으로 표현하기는 좀 그렇고 표현하지 않자니 뭔가 아쉬워서 말줄임표를 적절하게 사용하는 것 같다는 모종의 결론을 내렸다. 게다가 삼십대를 넘어서 신입 후배가 생긴 이후론 그들에게 특히 'ㅋㅋ'라고 보내기에 조금 어색해서 'ㅋㅋ...'로 웃는다는 것이었다. 잘 이해가 가지 않았지만 회사생활에 대해 잘 모르니 그런가보다 했다. 애초에 안 웃으면 안 되는가 물어봤더니, 비대면 업무가 종종 생기면서 오히려 비대면 상황에서 웃지 않으면 불필요한 오해를 사기에 웃는 것이 낫다는 의견이 지배적이었다. 역시, 대면이든 비대면이든 사대보험을 내주는 회사란 어려운 곳이었다. 그리고 자신들은 회사에서 말줄임표보다는 '물결'을 많이 사용한다고 덧붙여 말해주었다. "자료 보내주세요." 이렇게 보내면 너무 딱딱해 보이니까 "자료 보내주세요~"라고 한다는 거다. "자료 보내주세요"에 말줄임표를 붙이면 안 되는가 물어봤더니, 그러면 재촉하는 것처럼 보이므로 애원 섞인 재촉을 할 때가 아니고선 말줄임표를 쓰는 건 좀 꺼려진다고 했다. "자료 보내주세요... 꼭 이번 주 안으로요..."의 느낌으로 쓰는 거라고.

친구들이 회사생활을 제대로 하고 있는 건지 이쯤 되면 조금 헷갈리는데 여전히 내게 말줄임표를 붙여 답하며 잘 다니고 있다니 걱정은 않기로 했다. 여하간 '요'에 붙을 친구의 힘없이 떨리는 목소리를 상상하며 나도 물결을 좀 써봐야겠다고 다짐했다. 나는 그러면 친구들에게 "빨리 안 오면~ 가만두지 않는다~" 이렇게 보낼까. 별로 안 통할 것 같다. "응" 뒤에 엄청나게 많은 말줄임표를 붙인 답이 힘없이 올 것 같다.

친밀함의 표시로 말줄임표를 사용한다는 의견도 있었다. 말줄임표의 양이 많으면 많을수록 친밀함의 정도가 크다는 뜻이라고 했다. 교정과 교열 일을 하는 비상근직 친구의 단독 의견이었는데, 다들 맞아 맞아 하며 내적 친밀감이 없으면 절대로 말줄임표는 사용하지 않는다고 했다. 편할수록 말줄임표는 늘어난다는 것이다.

그렇다면 시인들은 어떨까? 그들과의 대화창을 올려보았다. 그들은, 말줄임표의 화신들 같았다. 우리 편한 사이인가? 혹은 애원하는 사이? 혹은 재촉하는 사이? 말줄임표가 곳곳에 스미다 못해 넘쳐서 자음으로 웃음을 표현할 때도 "ㅋ…ㅋ…ㅋ…"로 쓰는 자들 사이에 있으니 편하기는 했다.

말줄임표를 꼭 필요한 곳에만 쓰라고, 여운을 남기거나 생략할 때 쓰라고 했던 초등학생 시절 국어선생님의 가르침이 무색하게, 나는 누구보다 말줄임표를 많이 쓰는 시인이 되고 말았다. 말줄임표를 쓰면 상대와 나 사이에 여유 있는 쿠션을 받쳐 안는 기분이라 마음이 놓이는 걸 어떡하나. 지금 이 글에도 말줄임표를 넣어서 품에 안고 숨을 쉬고 있다는 걸 아실까. 어쩌면 전보시대 같은 게 다시 온다면 나 같은 사람은 정말로 하고 싶은 말은 못하고, 말줄임표만 빼곡히 채워 보낼지도 모른다. 다른 사람들은 말줄임표를 어떻게 느낄까.

모르면 물어보자

친구는 두 아이의 아버지다. 대학 때와 달리 얼굴 보기가 쉽지 않다. 게다가 코로나19 때문에 더더욱 얼굴 보기가 힘들었다. 그날은 아주 오래간만에 함께 식사를 하게 된 자리였다. 친구와 나, 다른 두 사람이 테이블에 둘러앉았다. 젓가락을 잘 써야 하는 음식을 먹게 됐고, 나는 문득 친구에게 둘째 아이의 젓가락질은 어떠냐고 콕 집어 물어봤다. 아이들의 젓가락질이 아니고 둘째 아이만 골라서 물어봤다. 친구는 둘째의 젓가락질을 흉내내 보여주며 잘 못하지만 곧잘 한다고 대꾸해주었다. 대화는 젓가락질을 배우면서 있었던 각자의 에피소드나 식사예절에 대한 이야기 등등이 분방하게 이어졌다. 때마침 나는 식사예절에 대해 쓰고 싶은 글이 있어서, 잘됐다 하면서 그들의 이야기를 귀담아들었다. 그런데 집에 오며 아까의 대화를 복기하다 기분이 무척 가라앉기 시작했다. 내가 치명적인 잘못을 저질렀다는 것을 알아서였다. 기분 문제가 아니라 사실이었다.

먼저 나의 잘못은 친구에게 첫째 아이의 젓가락질 여부를 묻지 않았다는 것에서 연한다. 친구의 첫째 아이에게는 장애가 있다. 나는 친구가 아픈 아이를 키우며 겪었던 몇몇 괴로운 에피소드들을 얼추 알고 있었다. 나는 그 아이가 젓가락질을 하는 데 어려움이 있을지도 모른다고, 그래서 친구에게 첫째 아이의 발달 상황에 대해 묻는다는 게 실례가 되거나 상처가 될지도 모른다고 지레짐작했고, 결국 그 아이를 우리의 대화에서 소외시키는 잘못을 저질렀다. 이 잘못이 더 나쁜 것은 내가 그 아이를 우리의 세계로부터 소외시키고 있다는 것을, 질문을 고르고 답을 듣던 당시에는 몰랐다는 사실이었다. 나는 친구에게도, 친구의 아이들에게도, 같이 식사하는 다른 사람들에게도, 그리고 나에게도 그 아이의 세계를 함께 구성할 자유를 뺏은 것이다. 이건 단순히 친구 아이의 안부를 빼먹은 수준의 문제가 아니었다.

있는 사람을 없게 만들기.

있는 사람을 있게 만들기.

언어는 이 두 가지를 수행할 수 있다. 그리고 언어는 발화자 없이 존재하지 않는다. 말이 죄를 짓는 게 아니라, 말하는 사람이 죄를 짓는다.

친구는 이런 어이없는 상황을 아마도 무수히 겪었을 것이다. 그래서 그 자리에서 나를 무안 주거나 면박 주지 않고 그냥 참았을 것이다. 깃털처럼 가벼운 무관심이라도 그것이 한쪽으로만 쌓인다면 기울어진 저울추를 움직이지 못한다. 친구가 처음 첫아이의 장애 사실을 통화로 알려주었을 때도 나는 제대로 친구에게 대꾸를 하지 못했다. 무엇이라 대답을 해야 할지 알 수 없었다. 기억이 잘 나지 않지만 막연하게 힘내라는 그런 무난한 말을 했을 것이다. 누구에게든 해도 잘못이 되지 않는 그런 말. 친구와 친구의 가족만을 위한 말이 아닌 그런 말 말이다.

그러고 나서도 친구와 아이들에 대해서 잘 이야기하지 못했다. 친구가 둘째를 낳기로 결심했다는 이야기를 하고, 두 아이를 키우며 조금씩 더 좋은 사람, 더 섬세한 사람으로 변해가는 것을 보며, 친구와 아이들을 떨어뜨린 채로 상상하지 못하는 시간을 이어왔으면서도, 나는 아이가 있는 삶에 대해서는 제대로 상상하거나 공감하지 못했다. 친구는 친구대로 아이가 없는 내 삶에 대한 존중과 배려의 의도로 아이 이야기를 덜 했을 것이고, 나는 친구의 배려를 그냥, 편안히 받아들인 것이다. 친구의 아이들에 대해서 제대로 묻거나 듣지 않은 것이다. 모르면 물어봤어야지! 안 묻고 안 듣는 날들이 쌓여 저 날 식사 자리에서의 잘못으로 튀어나온 것이다.

잘 모르는 문제에 대해서는 가만히 있기, 그것이 내 생존전략이었다. 하지만 더이상 그렇게 살 수는 없다. 잘못을 해놓고 잘못하고 있다는 것도 모르는 채로 살고 싶지 않다. 누군가의 세계를 망치는 일을, 우리들의 세계를 좁히는 일을 그만두고 싶다. 모르면 물어보면 될 일이다. 물어봄으로써 잘못을 저지르는 일도 있겠지. 하지만 잘 실패해야 한다. 더 잘.

앞으로는 친구를 만나면, 친구의 두 아이에 대해서 공평하게 물어보고 싶다. 첫째는 요새 무엇을 좋아하는지, 둘째는 요새 무엇을 좋아하는지. 두 아이가 어떻게 노는지, 어떻게 두 아이들이 아빠에게 서운함과 화를 표출하는지 그런 것들을 세심하게 잘 묻고 들어두고 싶다. 그래서 두 아이의 세계에 나도 한 부분으로 살아간다는 걸 이해하고 싶다.

남의 칼 만져보기

남의 집에 가서 하면 의외로 이상한 일 중 하나로 '칼 만져보기'가 있다. 나는 칼을 구경하는 것을 좋아한다. 하지만 대뜸 "저기, 칼 좀 보여줄래?" 하는 것은 뭔가 수상한 뉘앙스를 풍긴다. 아무 의도도 없이 다만 당신의 손길이 닿은 칼을 살짝만 구경하고 싶다는 것뿐인데도, 그것을 믿어주는 사람이 없었다. 야속하다 탓할 일은 아니다. 그럴 만도 하다. 나만 해도 친구가 와서 칼을 보여달라고 하면 얘 왜 이러나 하면서 경계부터 할 테니까. 칼은 위험한 물건이니까. 칼은 무서운 물건이니까.

하지만 좋아하는 일은 어떻게든 호시탐탐 기회를 엿보다보면 야금야금 이루어지기 마련이다. 최근 일주일 사이 나는 시인들의 칼을 실컷 구경했다. 봄밤 혜화에 있는 시집서점 위트 앤 시니컬에서 열린 남머루 목수님의 "연마"라는 칼갈이 워크숍에 갔더니, 글쎄 그날 참석한 여덟 명 중 세 명이 시인이었던 것이다. 하나는 나, 하나는 강성은 시인, 하나는 신해욱 시인이었다. 시집 서점의 주인인 유희경 시인까지 치면 네 명의 시인이 그 서점에 모여서 서로의 칼을 꺼내놓고 이런저런 이야기를 나누며 칼날을 벼렸다.

강성은 시인은 도루코에서 제작한 식칼, 신해욱 시인은 하재연 시인에게서 선물 받았다는 식칼, 나는 친구에게서 천 원을 주고 사온 식칼, 유희경 시인도 선물 받은 과일칼을 각각 꺼내두었다. 쉬는 시간에 나는 잠시 내 칼이 아닌 시인들의 칼을 만져보았다. 이상했다. 몇 년간 내 칼만 쓰다가 남의 칼을 쥐니 역시 무게부터 손에 잡히는 느낌까지 달랐다. 나중에 이걸로 시를 쓸 것이냐 말 것이냐 이런 농담도 했다.

잠이 안 오는 밤이면 칼을 갈겠다는 둥, 오늘 가져오지 않은 모든 칼을 일주일 내로 갈아두겠다는 둥 서로 확인할 수 없는 다짐 아닌 다짐들도 나누었다. 밤 아홉시에 끝난 워크숍이라 밤길에 아무런 시비에도 휘말리지 않게 조심하라는 당부도 잊지 않았다. 그렇다. 우리의 가방엔 칼이 있었던 것이다. 토마토처럼 껍질이 매끄러워 미묘하게 자르기 미끄러운 채소도 가져다대기만 해도 얇게 저며지고 마는 그런 엄청난 칼이.

칼갈이 워크숍 후 며칠 지나지 않아서는 박세미 시인의 식칼을 구경했다. 박세미 시인이 새로 작업실을 얻었다며 나와 유계영 시인을 초대했는데, 그 식칼로 비건 요리를 준비해주었다. 방문 전에 선물로 칼을 선물할까 그릇을 선물할까 고심하다가 그릇을 준비했는데 잘한 선택이었다. 이미 같이 초대를 받은 유계영 시인이 그에게 칼을 선물해두었기 때문이었다. 그 칼이 박세미 시인에게 오래오래 길들여 살다가 무뎌지면 내가 갈아줘야겠다 그런 생각을 했다. 아직 말을 꺼내지는 않았다. 올겨울쯤 "칼 좀 보여줄래?" 하면서 숫돌을 들고 그의 작업실에 재방문할 계획이다. 이제 나는 누구에게든 칼을 보여달라고 말해도 덜 수상한 방법인 칼갈이 기술을 준비한 시인이 됐다.

그래서 일주일 동안 내가 집에 있는 칼을 다 갈았는가 하면 그렇지는 않다. 칼갈이 워크숍 바로 다음날 내가 갈아놓은 식칼에 손가락을 크게 베였기 때문이다. 칼을 갈 때는 무척 조심했기에 다치지 않았는데, 정작 그 칼로 피망을 썰다가 손가락도 깊이 썰어버렸다. 내가 그렇게 칼을 잘 갈아뒀는지 가늠하지 못해서 저지른 실수였다. 대자마자 피망이 절로 갈라지며 순식간에 손가락에서 피가 솟구쳤다. 머리 위로 손가락을 든 채 피가 멎기를 기다리는데 헛웃음이 나왔다. 며칠 전까지는 두부도 잘 못 썰던 녀석이 이렇게 자신이 선명한 존재임을 증명하다니. 칼은 위험하고 무서운 물건이 맞다. 하지만 신비롭기도 하다.

나는 금붕어를 주었는데
너는 개구리를 받았네

1. 중심선에 맞춰 종이를 접었다 펴세요.

여기까진 쉽지. 수월했다.

2. 대문접기를 하세요.

대문접기? 이게 뭐지? 멍해졌다. 분명히 사진이 함께 수록된 종이접기 책을 빌렸는데 사진을 보고 있어도 무슨 말인지 이해가 되지 않았다. 대문 모양으로 접으라는 뜻이겠거니 했지만, 대문 번듯한 집에서 살아본 적 없는 나의 얕은 경험으로 인해 사진과 글이 충돌하기 시작했다. 그래도 사진을 보고 정방형 종이를 반으로 접어 중심선을 만든 후 그 중심을 기준으로 양옆을 접는 게 대문접기임은 이해할 수 있었다. 아, 대문은 양옆으로 열리는 큰 문이라는 뜻이구나! 감탄하며 이어서 3번 순서를 살폈다.

3. 대문접기 한 위쪽을 한 쪽씩 세모로 접어준 다음 눌러접기를 해주세요.

눌러접기? 또 머리가 아파왔다. 사진을 보고서야 세모로 접어 두 겹이 된 종이 안쪽을 열어 귀를 만드는 것이 눌러접기임을 이해했다. 여기서 끝이 아니었다. 34번까지 이르는 과정 중 15번 즈음에서 속이 터져버린 나는 결국 동영상을 검색해보았고, 일시정지와 느린 재생을 몇 번이고 반복한 끝에 웅크린 다람쥐와 웅크린 토끼, 늘어진 뱀을 겨우 접을 수 있었다.

물론 내가 접은 다람쥐는 동영상 속의 다람쥐 꼬리와 그 꼬리 모양이 서로 달라, 종이에 다람쥐라고 써놓지 않으면 이게 다람쥐인지 주먹도끼인지 알 수 없는 형태였다. 토끼 역시 귀를 길게 접지 못해서 엉덩이와 두 발을 가진, 잘 봐주어야 겨우 고양이처럼 보이는 생물이었다. 나는 세상에는 귀가 짧은 토끼도 있을 것이라 생각하니까, 토끼 머리 부분에 이빨을 작게 그려놓으면 이 녀석은 꽤 토끼 같아 보일 거라고 위안했다. 뱀은, 뭐랄까, 아, 이것만은 어떤 낙관으로도 극복하기 어려웠다. 뱀은 그냥 부러진 막대기처럼 보였다.

꼭 열심히 썼는데 못 쓴 시 같았다. 시가 되긴 했는데 영 마음에 들지 않아서 누구에게 썼다고 말하기도 민망한 그런 시 말이다. 열심히 하면 잘될 줄 알았는데, 잘 안 되는 일도 있다는 걸, 몰랐던 사실도 아닌데, 취미로 가볍게 해보려고 했던 종이접기를 통해서까지 배워야 할 일인가.

분명히 동영상에서 본 대로, 같은 사이즈의 종이로 동영상의 아름다운 두 손이 움직이는 것을 그대로 따라 했는데 어째서인지 영상 속의 귀여운 다람쥐와 토끼와 뱀은 간 곳 없고, 방바닥에는 접혔다 펼친 자국이 지저분한 어떤 생물들이 옹기종기 웅크린 채 일가를 이루고 있었다. 그나마 위안거리라면, 나에게는 아직 열두 장의 종이가 남아 있다는 점? 한 장의 종이도 헛되이 구기거나 찢어버리지 않았다는 점? 겨우 종이배, 종이비행기 정도 접어봤던 내게 종이다람쥐, 종이토끼, 종이뱀은 너무 버거운 생물이었는지도 몰랐다.

'지요가미千代紙'라고, 몇 년 전 일본에 놀러 다녀온 친구가 선물로 준 무늬가 아름다운 수공용 종이가 내게는 한 묶음 있었다. 부채 무늬, 벚꽃 무늬, 작약 무늬 등 무척 화려한 종이들을 보다가 이걸 이대로 썩히는 것은 친구에 대한 도리가 아니며, 종이에 대한 도리도 아니며, 아름다운 무늬들에 대한 도리도 아니라는 생각이 들어 자신만만하게 시작한 것이었다. 이대로 포기할 수 없었다. 한 시간 정도 더 끙끙거린 후 접어낸 것은 아름다운 금붕어 한 마리였다. 지요가미가 제 진가를 뽐내는, 내가 봐도 잘 접은 하늘하늘한 금붕어!

주말에 나는 그걸 조심히 들고 가 친구에게 주었다. 친구는 기뻐하며 그걸 받았다.

"우와, 화려한 개구리네! 귀엽다!"

●

아닌데. 나는 금붕어를 주었는데 친구는 개구리를 받았다. 이것 역시 시 같았다. 내게는 아직 열한 장의 종이가 남아 있었다.

"님은 갔지만
나는 님을"

행거가 무너졌다. 한 사람의 체온을 이해하던 사계절의 무게를 이기지 못하고 무너져야 할 때를 알고 무너지는 행거의 모습은 얼마나 아름다운가……. 사색해본다면 얼마나 좋았겠느냐만, 행거가 서서히 무너지는 꼴을 실시간으로 지켜본 나는 사색은커녕, 왜 하필 오늘인가, 왜 하필 지금인가, 소리 없는 비명만 질렀다. 출근을 위해 셔츠 소매를 주욱 잡아당기던 나를 향해 행거는 '저 지금 갑니다, 저 지금 무너집니다' 하는 예고도 없이 와르르 내 옷들과 함께 무너졌다. 막을 엄두도 나지 않아서 서서히 축대를 무너뜨리며, 옷을 쌓아가면서, 주저앉는 행거를 그냥 지켜봤다.

행거가 무너지는 일은 이번주에 벌어지면 안 되는 일들 중에서도 절대 있어서는 안 될 일이었다. 바로 며칠 전 칼날에 손이 베인 탓에 머리도 겨우 감고 세수도 겨우 하고 있는데, 그 손을 하고 무너진 옷더미를 분류하고 행거를 추스를 수 있을 리가 만무했기 때문이다. 내 사정을 저 행거가 알 리도 없는데, 망연자실 대충 옷을 주워 입고 출근했다. 옷 무덤을 뒤로하고.

하루에 사계절을 모두 겪는 듯 아침과 밤에는 바람이 아직 차가웠고, 낮에는 볕이 뜨거웠다. 어쩌란 말이냐, 일교차에 장단을 맞추지 못하는 나를 반영하듯, 반팔 블라우스와 패딩 점퍼와 면 코트와 봄 원피스가 모두 걸려 있던 행거의 상태는 다소 뒤죽박죽이었다. 그랬기에 양말 서랍장을 막고 엎어진 행거, 그것은 처참한 모양새 그 자체였다. 며칠 전부터 시름시름 내려앉기 시작하던 행거의 상태를 애써 모른 척해온 내게, 일어나기로 한 일은 반드시 일어난다는 예언처럼 행거가 무너지는 일이 일어나고 말았던 것이다.

작년에 한두 번 살짝 기울어가던 행거를 고쳐 세우는 걸 도와주던 친구가 강경하게 말한 적이 있었다. 너의 행거, 고치면서 봤는데 좀 아슬아슬하다고. 중고로 받은 걸 십 년이나 썼으면 이제 버려도 된다고. 겉보기엔 멀쩡해 보였지만 친구의 말을 듣고 보니 2단 행거 중 1단 부분을 고정시키는 나사가 영 불안해 보이기는 했다. 결국 행거를 교체할 요량으로 지난겨울, 새 행거 박스

배송을 받았다. 친구가 제가 쓰던 좋은 게 있다고 같은 것을 사라고 추천해서, 같은 걸 샀다. 하지만 사기만 했다. 나는 새 행거를 설치하지 않았다.

새 행거를 주문했다는 것을 알았는지, 갑자기 나의 낡은 행거가 힘을 내기 시작했던 것이다. 무너질 듯 절대로 무너지지 않는 절묘한 균형 감각을 자랑하며, 자신과의 십 년 세월에 대한 추억들을 갑자기 잊지 말아달라며 구구절절 이야기하듯이, 십 년이면 강산이 변한다는데 자신의 변치 않음에 대해 돌연 주장하기 시작하듯이, 나의 체온과 나의 기억을 지지대 삼아 굳건히 버티기 시작한 것이다. 그전에 몇 번이고 살짝 기울거나 비틀대던 녀석이었는데 어디서 그런 힘이 났는지 알 수 없었다.

하지만 오늘에 이르러, 주문해둔 새 행거를 박스째로 중고마켓에 팔아야 할지도 모른다고 생각했던 게 무색하게, 헌 행거는 무너져내렸고 나는 결단을 내려야 했다. 유비무환이라고, 박스를 뜯기만 하면 될 것 같았지만 그게 생각보다 쉽지 않았다. 벌써 십 년이 넘은 저 행거를 냉큼 버릴 수 있을까? 내 손에 감긴 붕대는 말하고 있었다. 모든 손으로 하는 일을 미뤄라! 일단 미뤄라! 일단 미룰 이유가 생기자 마음이 묘하게 편해졌다.

무너진 행거를 버리지 못하고 옷을 쌓아두고, 옷 무더기를 헤집어 멀쩡해 보이는 상태로 겨우 꺼내 입으며 출퇴근하는 시인이 여기 있다. 새 행거 박스를 방구석에 세워둔 채로. 이렇게 얼마나 더 버틸 수 있을까. 행거는 떠났지만 나는 행거를 보내지 못했다. 옷 무덤에서 옷을 꺼내며 난장판을 만들어도 아무도 뭐라고 하지 않아서 아침마다 웃게 된다. 행거가 선물한 재미랄까.

뜬구름 채집

하늘은 맑고, 바람은 부드럽고, 아침저녁으로는 살짝 쌀쌀해 겉옷을 챙겨야 하는 날씨, 그런 날에는 꼭 해야 하는 일이 있다. 하늘을 바라보는 일이다. 이리저리 모양을 바꾸는 구름을 구경하는 일이다. 그리고 이 놀기 좋은 날, 하늘 보는 것 말고도 꼭 해야 하는 일이 하나 더 있다. 바로, 질문에 대답하는 일이다.

시를 쓰겠다는 이 아이들은 질문이 많다.

"선생님, 저 시 너무 못 썼죠?" "선생님, 저 진짜 열심히 했는데, 시제가 너무 어려웠어요." "선생님, 저는 다른 애들보다 노력이 부족한 것 같아요." "선생님, 이 단어를 넣을까요? 뺄까요?"

등등.

질문의 형식이지만, 사실은 자신들의 창작물에 대한, 혹은 자기 자신의 재능에 대한 불안과 초조를 투영하고 있는 그런 말들.

이 불안과 초조에 대한 내 대꾸는 대체로 정해져 있다.

"다른 애랑 비교하지 마." "다 잘 써." "잘 썼어. 정말로."

대충 대답하는 것 같지만, 그렇지 않다. 아이들의 시는 좋다. 대체로 좋다. 아이들은 시는 꾸며 쓸지언정, 시 속에 드러나는 자신에 대해서는 꾸미지 않으며, 시를 잘 쓰고 싶어할지언정, 나에게 잘 보이려고 하지는 않는다. 아이들은 딱 자신들이 쓸 수 있는 것을 딱 자신들처럼 써낸다. 모두 달라서 모두 각별하다. 그런 점에서 아이들의 시는 각별하다. 지금 좋아서라기보다, 지금 달라서, 앞으로 더 좋아질 가능성이 있기 때문이다.

아이들의 개성이 모두 다르니, 나는 각자의 개성이 최대한도로 실현될 수 있도록 아이들의 창작을 지도하려고 노력한다. 창작에서 가장 중요한 것은 결국은 개성이니까. 개성이 뻗어나갈 길을 독려해야 하는 것이니까. 그래서 내가 구체적으로 무엇을 가르치는가 하면, 나는 아이들에게 정량화되지 않는 노력에 대해 가르친다.

시인으로서 시간을 보내는 법을 가르친다.

사실 사람이 하는 대개의 노력은 눈에 보인다. 빽빽하게 채운 필사 노트, 수십 번 읽어 너덜너덜해진 책장, 썼다 지우느라 책상 위에 수북해진 지우개 가루 등등. 하지만 어떤 노력은 눈에 보이지 않는다. 세간에서는 그것을 헛된 노력, 헛수고 등으로 표현하지만 나는 '뜬구름 채집'이라는 이름으로 지어 부르고 있다.

이를테면 미완성 시의 몇 구절을 품은 채 멍하니 보내는 시간. 내가 이 짓을 왜 하고 있나. 이건 왜 시가 안 되나 고통받는 시간.

백일장에서는 겨우 두세 시간을 주고 시를 쓰게 하므로, 아이들은 시 한 편에 보통 두세 시간이 걸려야 한다고 믿곤 한다. 하지만 그것은 어디까지나 수상과 선별을 위해 만든 특수 상황이다. 어쩌면 물리적 시간만 셈하면 시를 쓰는 시간 자체에 대해서는 두세 시간이라고 볼 수 있을지도 모른다. 그러나 한 편의 시를 완성하기 위해서는 반드시 한 사람의 세계 전체가, 그 한 사람이 보내놓은 뜬구름 채집의 시간이 필요하다. 인간이 깨어 있기 위해 잠을 자듯, 시인이 한 편의 시를 위해서도 수수방관, 속수무책으로 버리는 시간이 필요하다.

어떤 시 한 편을 쓰려고 애면글면 시간을 보냈는데, 결국 그것이 완성되지 못할 때가 있다. 실은 잦다. 이 실패를 위해 보낸 시간. 무용한 것 같은 시간. 이 시간을 괴롭게, 그러나 잘 보내는 것이 바로, '뜬구름 채집' 시간이다.

나는 아이들에게 뜬구름 채집의 필요성을 가르친다.

뜬구름을 아무리 채집해봐라, 아무도 알아주지 않는단다, 차라리 해와 달을 따온다고 하면 모를까, 라는 말에 흔들리더라도 하늘을 멍하니 바라볼 수 있는 그런 대범함을 가르친다고 하면, 좀 이해에 닿을까.

다양한 시를 강독하고, 감상을 나누고, 써보는 틈틈이, 나는 아이들에게 시를 쓴다는 것은 설명할 수 없는 노력을 해내는 일과 한끗 차이임을 가르친다. 뜬구름을 채집하는 일, 괴롭다. 가르치는 것도 괴롭다. 그러나 나는 이 괴로움을 어떻게 재미있게 가르칠 수 있을까 궁리하느라 시간을 펑펑 쓴다. 그야말로 뜬구름 채집이다.

안전한 미궁 속을 여유롭게

시인이 되어 좋은 점이 무엇이냐는 물음에 나는 여러 가지를 대답할 수 있다. 하나는, 하루종일 잠옷을 입고 있어도 아무도 뭐라고 하지 않는다는 점이고 또다른 하나는, 예술인복지재단에서 발급해주는 예술인 패스로 국립현대미술관에 무료로 입장할 수 있다는 점이다.

원래 국립현대미술관의 입장료는 사천 원이지만, 나는 시인이고, 예술인 패스를 발급받았기에 무료로 입장할 수 있다. 이는 어제 본 전시를 오늘 또 보러 가도 전혀 부담이 없다는 뜻이다. 이는 같은 전시를 열 번이고 스무 번이고 시간이 허락하기만 한다면 마음껏 볼 수 있다는 뜻이다. 이는 마음에 드는 하나의 작품을 만났다면, 오직 그 작품을 다시 보기 위해서 다시 잠깐 들를 수 있고, 내가 좋아하는 사람에게 그걸 보여주고 싶어서 같이 가자고 청할 수 있고, 그 작품을 함께 좋아할 만한 사람과 그걸 또 보러 가는 여유를 가질 수 있다는 뜻이기도 하다.

나는 규모 면에서 괜히 압도당하고 싶은 날, 미술관이라는 거대한 공간 안에 하나의 오브제처럼 나를 바꿔보고 싶은 날 국립현대미술관에 부담 없이 갈 수 있어서, 시인인 내가 썩 마음에 든다.

나는 미술관이 좋다. 작은 미술관도 좋아하지만 역시 하루종일 돌아다녀도 될 만큼 큰 미술관이 좋다. 미궁은 미궁인데 안전한 미궁을 헤매는 느낌을 받을 수 있어서랄까. 알다시피 신화 속에 등장하는 대부분의 미궁에는 괴물이 있다. 그 괴물을 만난 인간은 영웅이 아닌 한 반드시 죽거나 잡아먹힌다. 나는 현대미술관에도 괴물들이 존재한다고 생각한다. 기존의 상식으로는 이해할 수 없고 좋아하기 어려운 것들에 대해 우리는 편하게 '괴물'이라고 명명하지 않나?

실제로 그것이 우리를 괴롭히지 않는다고 할지라도, 다만 다르다는 이유에서, 다만 낯설다는 이유에서.

나는 모험이 좋고 괴물들에 대해 호기심도 많지만, 겁도 많은 사람이라, 진짜 미궁에 가는 대신 현대미술관에 간다. 미술관의 괴물 같은 작품들은 벽을 타고 돌 때마다 날 놀래키지만, 실제로 나를 죽이거나 나를 위협하지는 않는다는 점이 이야기 속의 미궁과 현대미술관이라는 미궁의 다른 점이다. 관람객인 나는 작품 앞에 그어진 경계선을 침범하지 않고 작품 앞에 서서 거리를 두고 관람하며, 생각하고, 생각을 지우고, 생각을 멈출 수 있다. 다시 말해서, 괴물들과의 만남을 무사히 마치고 무사히 미궁에서 빠져나올 수 있기에 나는 미술관이 좋다. 높은 천장과 조용한 말소리와 작품들이 상하지 않도록 섬세하게 조절되어 있는 조명, 온도, 습도, 분위기가 인간인 나를 누르고 압도하는 체험은 해도 해도 새롭다.

물론 괴물들이 사는 나라, 즉 괴물을 위해 완벽하게 구현된 생태계에 입장하는 것은 늘 편치 않다. 어떤 작품은 빛 하나 존재하지 않는 공간에서 봐야 하므로, 뭘 밟거나 부딪히는 건 아닌가 불안해하며 봐야 했고, 어떤 작품은 시시각각 변화하는 인공의 빛 속에서 봐야 했으므로, 작품을 보고 난 후에도 한참이나 눈 속에서 깜빡이는 조명의 흔적 때문에 어지러웠다. 괴물들에게는 더없이 완벽한 환경이 나에게는 더없이 불편한 환경이었던 것이다. '나' 위주로 돌아가던 시선에서 벗어나 '괴물' 위주로 나를 돌아보게 한달까. 작품들 앞에서는 오히려 내가 괴물이 아닐까.

미궁에서 놀 듯, 미술관에 다녀오면 잠시간 주변의 모든 것이 작품처럼 보인다. 누군가 벗어둔 겉옷이 버스정류장 벤치에 놓여 있다고 치자. 포스트잇에 '잃어버린 기억에 대한 현시'라는 제목을 적어 그 앞에 둔다면 어떨까. '이 선 안으로 들어오지 마세요'라고 주의사항을 적어두면 어떨까. 그런 식으로 작품을 만들고 나면, 작품의 호흡이 생겨날지도 모른다.

가끔 나는 시인 모양의 무엇인가처럼, 시인이라는 설치 작품처럼, 나를 괴물처럼 전시해본다. 누가 볼까 싶지만, 일단 내가 보니까.

사람 놀이

나는 게임보다 놀이를 좋아한다. 두 손을 맞잡고 하는 손뼉치기 놀이라든지, 줄넘기 놀이, 술래잡기 놀이. 이 놀이들의 이름을 '손뼉치기 게임'이나 '줄넘기 게임' '술래잡기 게임'이라고 해도 될 테지만, 그러고 싶지 않다.

'색칠 놀이를 하자'는 좋지만, '색칠 게임을 하자'라고 하면 벌써 기가 질린다. 어쩌면 나는 그저 '게임'이라는 말을 좋아하지 않는지도 모른다. 승부와 긴장이 있는 것은 게임이나 놀이나 매한가지일 수 있겠지만, 놀이라는 말이 좀더 내게는 친근하며 편안하다. 게임은 잘해야 할 것 같은데, 놀이는 재밌게만 하면 될 것 같아서다. 놀이에는 목표나 완성이 없이, 참여만 있어서, 언제든 그만둬도 될 것 같고 누구든 도중에 같이 해도 될 것 같은 느낌도 든다. 엄격한 느낌이 없어 좋다.

그래서 뭐든 해야 하지만 하기 싫은 일에 '놀이'를 붙이면 좀 더 할 만하고 덜 괴롭다. '설거지 놀이' '청소 놀이' '정돈 놀이'처럼 더이상 미룰 수 없는 집안일도 '놀이'라는 말만 붙이면 은근히 재미있다. 물론, 이것의 문제점은 '놀이'다 보니까 아주 단정하고 깨끗하게 집안일을 마무리하지 못한다는 점에 있다. 그냥 했다는 점, 재미있었다는 점, 뿌듯했다는 점에서 자기 효능감을 얻는다.

하지만, 뭐, 그럼 안 되나? 놀기만 했는데 집안일이 어느 정도 끝났다는 점이 중요한 거 아닌가.

가장 최근에 한 놀이는 '손톱과 발톱 이야기 듣기'라는 놀이였다. 거의 3주 내내 했다. 놀이는 무척 쉬웠다. 손톱 발톱에 대해서 질문하고 잘 들으면 된다. 놀이의 발단은 이것이었다.

친구에게 내가 "신생아도 손톱이 자라나?"라고 물어봤던 것이다. 친구는 벌써 아이를 유치원에 등원시키는 어엿한 학부모로, 나에게 무슨 무식한 소릴 하냐며, 당연히 신생아도 사람인데 손발톱이 자란다고 말해줬다. 친구는 엄마 배 속에서부터 아기의 손톱이 이미 많이 자라서 나오기 때문에 태어나자마자 꼭 잘라줘야 한다는 것을 내게 알려주었다.

세상에, 배 속의 아기조차 손톱 발톱이 자라는구나! 나는 아기가 태내에서 손발톱을 길러 나온다는 사실에 대해서 전혀 상상조차 해보지 못했다. 배냇머리도 모르냐는 둥, 아기도 사람이라는 둥, 친구에게 실컷 놀림을 당했다. 그런데 문득 궁금해져서 또 물었다. "그럼 아기 손톱은 언제까지 깎아줘야 해? 얼마나 커야 혼자 깎을 수 있어? 그러면 너는 언제부터 혼자 손톱 발톱 깎았어?"라고.

친구는 어렴풋하다며, 초등학교 고학년 무렵인 것 같다고 답했다. 물론 물어본 나도 내가 처음으로 내 손톱을 깎았던 확실한 시기가 기억나지 않았다. 손톱이 기억나지 않는데 발톱은 말해 무엇하리.

이날부터 마주친 이들에게 손톱 발톱 이야기를 듣기 시작했다.

자신의 손톱과 발톱을 처음으로 깎았던 날을 정확히 기억하는 사람을 언젠가 만날 수 있을까. 벌써 서른 명가량에게 물어봤는데 신기하게도 자신의 작은 독립을 기억하는 이가 아직 없었다. 아주 대단한 일이 아니라서일까. 비단 손톱 문제가 아니더라도 혼자 젓가락질에 성공한 일, 혼자 마트에 간 일, 혼자 옷을 갈아입은 일, 혼자 샤워를 한 일, 혼자 밥을 차려 먹어본 일, 혼자 설거지를 해본 일 등등 혼자 처음 해본 일 중 어느 하나 제대로 기억 속에 남아 있는 게 없었다. 보호자 없이 혼자서 나의 몸과 나의 생활을 단정하게 돌볼 수 있게 되기까지 저렇게 많은 성취가 있었을 텐데 말이다. 저 일들을 전부 혼자 할 수 있게 되기까지 얼마나 많은 어른들이 내게 '사람 놀이'를 가르쳐주었을까.

이 글을 읽는 독자분들은 기억하실까. 자신의 손톱 발톱을 처음 깎아본 때를 말이다. 놀이는 '노릇'과도 비슷한 것 같다. '사람 놀이'에 숙달되면 어느덧 사람 노릇이 수월해진달까. 눈 감기 놀이를 해야 혼자 잠들 수 있었고, 뭠뭐기 놀이를 해야 팔다리를 움직여 뛸 수 있었던 어린애를 어른들이 잘 봐준 덕에 나는 이제 제법 사람처럼 보인다.

"성스러운 밤이여,
그대 내려와 드리우니
꿈도 함께 드리우네"

언젠가 시에 인간만이 깊은 잠에 빠진다는 구절을 쓴 적이 있다. 인간 외의 많은 동물들은 깊이 잠들지 않는데, 인간들만이 무사태평 단잠에 빠져드는 것 같아서다.

동물들이 깊은 잠에 빠지지 않는 이유는 간단하다. 깊은 잠은 그들 생존에 불리하다. 정신 차려야 하지 않나. 이 각박하고 험한 세상에! 언제 하늘이 무너지고 땅이 꺼질지 모른다. 다른 동물이 위협을 가할지도 모른다. 때문에 대부분의 동물들은 아주 작은 기척이나 환경의 변화에도 반사적으로 깨어난다. 몸집이 크기에 천적이 없어 보이는 고래들마저 그렇다. 고래의 경우는 그 생존을 위협하는 것이 다른 동물이 아니라 그들이 살아가는 바다라는 점이 다소 아이러니하다. 고래는 잠을 자더라도 항상 뇌 반쪽이 깨어 있다고 한다. 지속적으로 수면 밖으로 머리를 내밀어 호흡을 해야 살 수 있어서다. 깊이 잠들기라도 하면, 익사할 수도 있는 것이다.

하지만 인간은 가끔 꿈도 없이 깊은 잠에 빠진다. 우리는 밤이 오면 잠에 들고 잠에 들면 꿈을 꾼다. 인간은 다른 동물들과 달리 깊은 잠을 매일 일정 시간 이상 자도록 진화한 것이다. 어째서일까. 대부분의 동물들 사례에서 짐작할 수 있듯이 잠에 빠지지 않는 게 생존에 훨씬 유리할 듯싶은데, 왜 인간은 잠을 푹 자도록 발달한 것일까.

자는 시간이 아깝다는 사람들에 따르면 무한 경쟁 시대에 인간이 잠을 자지 않는 방향으로 진화하는 게 생존에 유리할 것도 같다. 일도 더 많이 하고 운동도 더 많이 하고 사랑도 더 많이 할 수 있으므로. 하지만 생산과 효율을 높이는 데 필요한 것은 잠을 자지 않는 몸이 아니라, 잠을 자고 있는 중에도, 잠에서 깨고 난 다음에도 우리의 생활 기반이 흔들리지 않을 것이라는, 항상성에 대한 기대와 그 기대의 충족이다.

인간은 무엇으로 사는가? 믿음으로? 소망으로? 사랑으로? 빵으로? 장미로? 다 맞는 말 같다. 믿음, 소망, 사랑도 빵도 장미도 인간이 살아가는 데 반드시 필요하다. 나는 이것들에 더해, 인간이라는 종이 잠을 연료로 살아간다는 가설을 은근히 믿고 있다. 믿음, 소망, 사랑, 빵, 장미 모두 거저 주어지는 것은 없다. 이것들을 취하는 과정에서 인간은 각종 스트레스 상황에 노출된다. 그런데 이 스트레스 민감도를 줄이는 가장 편하고 빠른 방법은 잠이다. 술을 마시거나 일과 사랑에 몰두하는 등 다양한 활동으로 스트레스를 해소할 수도 있지만, 잠만큼 괴로움을 잘 누를 수 있는 방법이 없는 것 같다.

사실 동물들이 깊이 잠들지 못하는 것처럼, 아기들도 깊고 긴 잠에 잘 빠지지 않는다. 아기들이 자꾸 깨어 우는 것은, 파악하기 어려운 빛과 소리, 냄새, 온도, 감촉에 적응해 가느라고 힘이 들어서도 그렇겠지만, 언제나 죽기 쉬운 상태에 처해 있기 때문에, 인간 개체 중 가장 약한 개체라서다. 어젯밤에도 윗집인지 옆집인지 모를 이웃의 아기가 울고 있어서, 아 인간이 된다는 것은 깊은 잠을 잘 수 있는 자가 되는 것이구나, 그런데 아직 너의 불안이 너의 잠만으로는 달래지지 않을 정도로 너는 연약한 상태로구나, 너에게 정말로 꿈을 부르는 깊은 밤이 오기를 빈다 하며 창문을 닫았다. 슈베르트의 〈밤과 꿈〉을 저 아기가 알 날을 기다리기로 했다. 이웃의 아기에게 말해주고 싶다.

앞으로 너의 삶에도 일과 중에 겪었던 많은 일과 감정의 격랑으로 잠들지 못하는 밤이 종종 찾아올 거라고. 그렇지만 이것만 알아달라고. 한잠 깊이 자고 일어나면 허탈할 만큼 간단히 해결책이 생각나기도 할 거라고.

너에게 너만의 성스러운 밤이 내려올 거라고, 그리고 얼굴도 모르는 이웃의 시인이 너에게 이런 말을 하고 있으니 조금 재밌어 해달라고, 잘 자길 빈다고.

신뢰할 수 없는 직군

5월 종합소득세 신고를 마치고 나서, 벌이가 영 시원찮은 나의 직업에 대해서 생각해보았다. 나는 어딜 가든 나를 시인이라고 말하지 않는 버릇이 있다. 나는 시인이 떼로 모여 있는 곳에 가지 않는 한, "무슨 일을 하시나요?"라는 질문에 주로 "강의해요" 또는 "애들에게 글쓰기 가르쳐요"라고 대답한다. 치과, 한의원, 정형외과, 은행, 미용실에서도.

어쩐지 "저 시인이에요"라는 말은 선뜻 나오지를 않는다. 실질적으로 내 생활을 유지시켜주는 고정 수입은 원고료나 인세가 아니라, 강의로 얻는 수입이다. 직업의 사전적 정의는 "생계를 유지하기 위해 자신의 적성과 능력에 따라 일정한 기간 동안 계속

하여 종사하는 일"이다. 그러므로 강사나 선생님으로 나를 소개해도 된다고, 나를 시인이라고 말할 필요는 없다고 마음으로는 생각하면서도, 어쩐지 거짓말을 하는 것 같은 불편한 느낌으로 나는 나를 소개한다. 이것은 비겁함일까?

다른 시인들에게도 넌지시 물어봤더니 다들 사정이 비슷했다. 누구도 자신의 직업을 '시인'이라고 말하는 사람이 없었다. 우리들이 시인이라는 점 외에도, 새로운 공통점이었다. 애매하게 "글을 쓴다"고 말하면 "웹소설 쓰세요?"라든가 "드라마 쓰세요?"라는 말을 듣거나, 더 나아가 "해리포터 같은 것 좀 쓰세요. 돈 안 되는 거 쓰지 말고"라는 핀잔을 듣기 일쑤라고. 다들 시인이 얼마 버는지 궁금해서 물어본다고. '시인'은 자기소개를 위해 꺼내기에는 영 마땅찮은 직업군이었다.

도대체 '시인'이란 뭘까. 대화를 이어가기 애매한 이 직업, 나의 생계와 낯선 이에게서 얻을 수 있는 호감도를 전혀 책임져주지 않지만, 정신과 마음, 위엄, 내가 말하지 못하는 나의 모든 고충을 책임져주는 이 직업. 과연 언제쯤 나를 전혀 모르는 낯선 이에게 나 스스로를 시인이라고 소개할 수 있을까. 이것은 비단 시인만의 문제는 아니겠지.

나쁜 짓을 하는 것도 아닌데 스스로를 숨기는 것은 좀 슬픈 일이다.

모 시 전문 문예지에서 여러 시인들과 함께 서면 인터뷰에 응한 적이 있다. 이런 질문이 있었다. "글을 볼 때 신뢰하는 직군이 있는가." 그 질문에 대해 나는 신뢰하는 직군은 없지만 신뢰하는 작가는 있다고 답했다. 직업은 직업이고 글은 글이라고 나도 모르게 생각해왔던 모양이다. 다양한 직업군에 종사하는 많은 사람들이 쓴 글들은, 각자 나름의 진실 속에서 고투하면서 쓰인 경우가 많았고, 진실은 밤하늘의 별만큼이나 많다고 생각해서 선뜻 대답하기가 어려웠다. 게다가 한 사람이 여러 일을 하는 경우가 많은 요즘 시대에 '직업'이라는 것이 무슨 의미가 있나 싶기도 했고.

여하간 그 질문을 받기 전에 나는 직군과 글의 신뢰도를 일치시켜 생각해본 일이 한 번도 없었다. 개별 작가와 글의 신뢰도는 일치시켜본 일이 있어도, 특정 직군과 신뢰? 글쎄올시다였다. 애초에 그 인터뷰는 '글'과 연결할 수 있는 '신뢰'가 무엇인지, 그 신뢰에 대한 정의를 질문받는 사람에게 맡기고 있어, 신뢰의 성격부터 결정해야 했다. 어떤 글이 늘 밀도가 균일할 거라는 믿음을 말하는 것일까. 어떤 글이 늘 사실일 거라는 믿음을 말하는 것일까. 하지만 순도 백 퍼센트의 진실이나 사실만을 나열한 글은 없다. 이것은 직군이나 작가의 자질 문제와는 별개의 것인, 언어 속성의 문제일 것이었다.

잡지가 출간된 후 다른 작가들의 답을 보니, 웃음이 나왔다. '신뢰하는 직군'을 물었는데 청개구리처럼 다들 '신뢰하지 않는 직군'으로 '시인'을 적어둔 것이다. 타인에게 자신의 직업을 밝히지도 못하는 시인들의 대답에 웃음이 나왔다. 자기객관화가 기가 막히게 잘 되어 있다는 점에서, 시인은 오히려 신뢰받아 마땅한 직군이 아닐까? 혹시 모른다. 세상에 수많은 시인들이 다들 이런 식으로 자신의 직업을 숨기고 있을지도. 지인의 지인이 시인일지도. 은행이나 병원, 비행기에서 외치고 싶다.

"혹시 이 안에 시인 있습니까?"

사랑도
다 같은 사랑이 아니고

시집을 추천해달라는 요청을 종종 받는다. 어렵게 느껴지는 요청이므로 언제나 반은 농담으로 반은 진지하게 내 시집을 추천한다. 내 식으로 대답을 회피하는 법이다. 통하는 날은 거의 없다.

"시인님 것은 다 읽었어요. 말고 다른 시집 추천해주세요"라거나, "시인님 시보다 쉬운 거 추천해주세요"라거나.

사실 시집을 추천해달라는 요청은 액면 그대로 '시집'을 '추천' 해달라는 의미일 때도 있지만, '본인이 좋아할 만한 시집'을 추천해달라는 의미일 때도 많았다. 충족시키기가 좀처럼 쉽지 않았다. 도무지 상대방이 무엇을 원하는지, 상대방이 어떤 것을 읽을 때 희열을 느끼는 사람인지 알 수 없었기 때문이었다. 결국 몇 번의 시행착오 끝에 나는 한정된 시간 안에 상대방에게 잘 어울리는 시집을 찾는 질문을 찾아냈다. "최근에 읽은 시집 뭐예요?" "사놓고 안 읽은 시집 뭐예요?" "평소엔 시집 어떻게 고르세요?" 등등. 짧은 인터뷰를 하고 안 하고가 시집 추천의 성공 여부를 자주 결정했다. 질의 없이 척 보고 척 골라줄 수 있으면 좋을 텐데, 될 리가 없지 않나.

그러던 중 흥미로운 사실 하나를 발견했다. 사람들이 스스로 시집을 고를 때, 시집의 제목과 표지, 시인의 말을 훑어보고 시집을 고른다는 사실이었다. 그러나 그런 방식으로 나름 공들여 고른 시집을 다 읽지 못하는 경우가 많아 시를 읽는 데 어려움을 느낀다는 고백까지 재차 얻어들었다. 시집 제목에 '사랑'이 들어가서 골랐는데 도무지 시집을 읽으며 사랑 이야기가 나오지 않아서 짜증스러웠다는 고백이나, 시집 제목에 '희망'이 들어가서 골랐는데 희망이 본인이 평소에 알던 희망이 아니어서 어려웠다는 고백까지.

모순 가득한 인간 삶과, 이상과 현실의 낙차, 언어의 미끄러짐에 정초하다보면 반어적이거나 역설적인 제목을 달 수밖에 없고, 삶이 살기 어렵듯 시도 읽기 힘들 수 있다. 그 고충이 어쩌면 그 시들의 재미다. 하지만 시집의 제목만 보고, 그 시집에 실린 시들이 내가 평소 알던 개념을 조금 더 매끄럽게 정리된 채 보여줄 거라고 기대했다면 큰 실망도 가능할 것이다. 심한 경우는 화가 날 수도 있고. 이런 것도 시냐! 이러면서.

시인이 된 지금 나는 시집을 어떻게 고를까. 나도 다른 독자들처럼 시집을 고를 때 가장 먼저 제목을 본다. 그러나 꼭 시 세 편 이상을 선 채로 한 번에 읽어본다. 첫 시, 마지막 시를 읽고, 중간에 아무 손에 잡히는 시를 읽는다. 마지막으로 목차를 훑는다. 시인의 말과 표지 디자인은 별로 주의깊게 보지 않는다.

이런 식으로 구매한 시집은 보통 세 번 이상 읽는다. 독자로서 읽고, 시인으로서 읽고, 가르치는 사람으로서 한 번 더 읽는 것이다. 습작생일 때와 시인일 때, 시인이면서 시 선생님일 때의 내가 시집 고르는 방식은 한결같다. 달라진 점이 있다면, 예전보다 더 많이 시집을 구매하고 있다는 점뿐이다. 이걸 취향이 더 넓어졌다고 말해도 될까. 구태여 비유하자면 예전엔 클래식만 들었다면, 지금은 힙합이랑 국악이랑 케이팝도 전부 들어보는 것과 같달까. 여전히 어떤 것은 취향에 맞지 않고 가끔은 잘 읽히지 않아 덮어놓고 오래 둘 때도 있다. 그러나 그런 시들에도 멋진 점, 배울 만한 점을 발견해낼 요량으로 슬렁슬렁 읽어보려고 한다. 잊을 만하면 다시 꺼내보기도 한다. 혹시 그사이에 내 취향이 변했을지도 모르고, 어쩌면 취향을 압도하는 작품으로 다시 만날지도 모르니까. 게다가 어떤 시는 아주 오랜 뒤에 읽히기도 한다. 내가 변해야 읽히는 시도 있는 것이다. 여러 번 읽을 때마다 달리 읽히는 시도 있고 늘 같은 곳에서 한결같은 감동을 주는 시도 있다. 세 번 이상, 한 시집을 읽는 것도 꽤 묘미가 있다.

결국 시에서 뭘 기대하고 있느냐, 시를 무엇이라 생각하느냐에 따라 시집을 고르거나 시를 만나는 방식이 다를 수밖에 없다. "그래도 사랑이 다 같은 사랑이 아니고, 희망이 다 같은 희망이 아니며, 동물이 다 같은 동물이 아니에요. 더 많이 느끼면 재밌잖아요." 이 말을 무기로 이런저런 시집을 추천하는 게 좋다.

낙심

최근 내가 오래 한 것은 낙심이었다. 바라는 게 많아질수록 이루지 못하는 게 많아진다. 떨어질 락落에 마음 심心. 바라던 것들이 거듭 이루어지지 않아, 마음이 흙바닥에 떨어져 그것을 주워 털고 불고 씻어 간수하느라 주변에 신경을 전혀 쓰지 않았다는 뜻이다. 무엇을 바랐느냐고, 무엇을 원했느냐고 묻는다면, 별로 대답하고 싶지 않다. 그래도 소략해 말하자면 생활 문제였고, 더 소략하자면 인정 문제였다.

여우의 신포도처럼, 아니 별로, 그렇게까지 원한 건 아니었어, 라는 말을 꺼낼 만큼의 표정도 챙기지 못해서, 원했어, 실망해서 울 만큼 아주 많이 원했어, 그런데 안 됐어. 도대체 왜? 여기서 뭘 더 했어야 했어? 뭘 더 해야 하는지 몰랐던 게 문제야? 최선을 다 했다고 생각했지만, 그것은 단지 생각뿐, 사실은 최선을 다하지 않은 게 아닐까? ㅁㅁ처럼 했어야 하지 않았을까? 등등. 해봤자 스스로를 더 괴롭히기만 하는, 하지 말아야 할 생각까지, 나는 꾸역꾸역했다. 논리라고는 하나도 없이 비약인지, 과장인지 모를 타래를 엮어 삼키기를 한창 즐겼다.

등단에 대한 도전 경험치로 인해 내가 어지간한 낙망에는 크게 괴로워하지 않고 무딘 편인 줄 알았는데, 오판이었다. 나는 최대한 사람들을 안 만나는 것으로, 낙심한 나를 그 누구의 기억에도 남기지 않는 요령만 남아 있던 인간이었다.

도전을 하면 뭘 하나, 이루지 못했는데. 성실히 하면 뭘 하나, 잘못된 성실이었는데.

평소의 나라면, 절대로 저런 식으로 말하지 않는데, 낙심이 큰일은 큰일이었다. 저런 식으로 말하고 생각하기 시작하니 끝이 없었다. 열 번 찍어 안 넘어가는 나무 없다는 옛말이 틀리지 않은 것이, 모든 낙망은 다른 낙망을 더 아프게 불러 주지시킨다. 기어코 낙심을 발생시킨다. 낙심한 나는 확 넘어지지도 못하고, 어중간하게 난도질 된 도끼 자국에 곰팡이가 피고 온몸이 썩어가는 나무가 된 기분에 취한다. 평소라면 흥미롭구나, 도끼 자국에 이

끼가 끼고 넝쿨이 얽히고 버섯이 자랄 수도 있겠네 하면서 하하 호호 신기하고 재미있네 하면서 웃었을 텐데, 낙심하면 끝이다. 아무것에도 전혀 관심이나 애정이 가지 않는다. 이러면 자빠지는 것은 시간문제다.

하지만 지금 나는 이렇게 글을 쓰고 있고, 낙심했던 것을 고백할 수 있는 정도로 회복기에 접어들었다. 그렇다. 낙심은 했지만 회생 불능의 상태에 이르진 않았다. 그 어떤 낙망도, 낙심까지는 몰아갔지만, 나를 아주 자빠뜨리지 못했다. 이는 그 낙망 중 치명적인 것은 없었다는 추론을 가능케 한다.

그러나 내가 완전히 드러눕지 않은 것은, 나의 낙망의 세기 문제나 나의 의지 문제만은 아니라고 주장하고 싶다. 즉, 완전히 무너지고자 하는 나의 의지를 무력화시킬 만한 구원이 있었다는 가설을 세우지 아니할 수 없는 것이다. 김수영 시인의 말마따나 "구원은 예기치 않은 곳에서" 온다는 구절을 근거로 들겠다. "절망은 끝까지 스스로를 반성하지 않는다"는 구절도.

절망은 절망대로, 내 나약함은 내 나약함대로 내가 살아 있는 한 사라지지 않을 것이다. 하지만 "딴 데서 부는 바람"처럼 구원이 내게 온다면, 나는 구원을 알아차려야 하며, 응해야 할 것이었다. 나는 낙망에 나를 열어둔 것만큼이나 구원에도 나를 공평하게 열어두어야 했다.

최근 내 구원은 전혀 예기치 않게도, 친구들로부터 왔다. 집에서 상한 마음을 내동댕이친 채 웅크리고 있었는데 시인 Y에게 전화가 왔다. 곧 함께할 행사 관련 강사료 이야기였다. 예산이 깎이는 바람에 주기로 했던 돈을 다 줄 수 없어서 미안하다고. 그래서, 자신의 강사료에서 조금 덜어서 내 것에 보태겠다고. 아니 무슨 이런 사람이 다 있지? 고맙다고 말하면서 턱이 호두 모양이 됐다. 그리고 다음날에는 드렁큰 미모사가 완도 부모님 댁에 내려가는 길에 과일이라도 사가라고 예고도 없이 돈을 이체해주었다. 아니 나는 미모사네 집에 아무것도 해준 게 없는데? 역시 고맙다는 이모티콘을 보내며 턱이 호두 모양이 됐다.

되는 일이 하나도 없다고, 어쩌면 앞으로 되는 일은 아무것도 없을 거라고 방바닥을 뒤집고 있던 나를, 저들은 상당히 부끄럽게 했다. 반성해, 라는 말도 없이 나를 반성시켰다. 저들이 없는 여유를 내어 내게 숨을 준 것을 안다. 나도 나의 친구들처럼 누군가 낙심한 이에게, 생색 없이 한숨을 돌리게 해주고 싶어졌다. 낙심한 사람들 중 많은 이들이 제 낙심을 들키지 않으려고 웅크리고 있을지도 모를 일이었다. 그래서 다시 읽고 쓴다. 언제든 딴데서 부는 바람이 될 수 있도록, 새것을 주지 못한다면 내가 가진 것 중에 깨끗한 쪽을 떼어 권유하리라는 생각. 한마디를 해도 더

미풍처럼 해보리라는 생각. 누구든 완전히 넘어지기 전에 낙심을 결심으로 바꿀 수 있도록 말이다. 상처 난 삶에 다른 것들을 키우며 살아갈 수 있도록. 친구가 될 수 있도록.

당신은 그 책을 다 읽었나요

제게 귀퉁이가 아주 너덜너덜한 책이 한 권 있군요.

"내가 사람의 방언과 천사의 말을 할지라도 사랑이 없으면

소리 나는 구리와 울리는 꽹과리가 되고

내가 예언하는 능이 있어 모든 비밀과 모든 지식을 알고

또 산을 옮길 만한 모든 믿음이 있을지라도

사랑이 없으면 내가 아무것도 아니요

내가 내게, 있는 모든 것으로 구제하고

또 내 몸을 불사르게 내어줄지라도

사랑이 없으면 내게 아무 유익이 없느니라"

그의 안부가 문득 궁금합니다. 어쩌면 그는 저를 잊었을지도 모릅니다. 하지만 저도 늘 그를 떠올리는 것은 아니니 제가 그를 기억하고 있다는 사실에 그가 놀라지 않기를 빕니다. 정말로 그가 안녕히 지내시기를,

바랍니다. 글 초입에 인용한 구절은, 그가 제게 읽기를 추천한 책에서 최근 발견해 메모장에 옮겨둔 구절의 일부입니다.

자주 보는 책인데 어째서인지 저는 그 책을 아직도 다 읽지 못했습니다. 십여 년이 훌쩍 넘어가는데도 불구하고 말입니다. 〈출애굽기〉를 다 읽었노라 그에게 자랑하던 제가 떠오릅니다. 노예 상태에서 벗어나기 위해 사막을 향하는 이야기가 참 좋았습니다. 참 무섭기도 했고요. 종從이 된다는 것이 얼마나 두려운 일인가, 종이 되지 않는다는 것은 얼마나 두려운 일인가 자주 생각했습니다.

제가 그와 연락을 완전히 끊은 것은 서른 살 즈음이었을 것입니다. 등단 소식을 알려야 하나 잠시 망설였지만 알리지 않았습니다. 그와 다시는 연락하지 않겠다는 결심은 더 일렀을 테지만,

결정을 확인한 것은 그해였습니다. 제가 조금 더 융통성 있는 사람이었더라면, 여전히 안부를 전하며 지냈을 수도 있었을 것입니다. 하지만 저는 그와 연관을 차단하고 말았습니다. 후회하진 않습니다. 순전히 저를 위해서 내린 결정이었고, 잘한 결정이었을 것입니다. 사실 그의 아름다운 말을 믿지 못한 지 오래였고, 저는 천천히 그로부터 멀어지고 있었습니다. 그를 따르는 이가 아주 많았으므로 그는 제 부재를 오랫동안 눈치채지 못했을 것입니다.

그해 초여름이었나요. 그는 제 등단 소식을 들었는지, 등단을 축하한다고 다른 이를 통해 축하 인사를 전해왔습니다. 그는 제가 스스로 당신을 만나뵙기를 원하셨을까요. 모르겠습니다. 알 필요가 없다고 생각했습니다. 너무나도 확실히 그를 만나고 싶지 않았기 때문에, 그의 말을 더이상 경청할 수 없는 저 자신을 잘 알았기 때문에, 그의 마음이 어느 쪽으로 향했든 제 마음의 방향대로 그를 만나지 않기로 결정했습니다. 그래서 그에게 직접 연락하지 않고, 제게 축하 인사를 전한 이에게 감사 인사를 전달해 달라고 답했습니다. 그리고 그를 떠올리지 않고 지냈습니다.

하지만 제게
밑줄 그은 성경책이 있군요.

열아홉과 스물 사이, 그가 흩뿌리는 모든 것들이 빛나 보였습니다. 미래는 오지 않았으므로 없고, 과거는 지나갔으므로 이미 없는 것이나 마찬가지라고 생각했습니다. 발밑에 있는 것은 제가 디딘 딱 그만큼의 바닥뿐이라고요. 그만큼 시야가 아주 좁고 갑갑했지요. 그런데 하필 갑갑함이라는 것을 이미 겪었고 그것을 극복한 것처럼 보이는 한 사람, 그가 제 앞에 있었던 것이지요. 우연히요.

그에게서 잘 배우면, 제 바닥을 딛고 바깥으로 나갈 수 있을 것 같았습니다. 그가 지나가는 말로 던지던 모든 철학 관련 책들을 찾아 읽으려고 했습니다. 실제로 그 책들을 읽으며 그로부터 멀어질 수 있었으므로 실효를 거두었다 할 수도 있겠습니다. 재미있는 일이지요. 그 덕택에 철학에 입문했는데 철학 덕택에 그를 떠날 결심을 했다는 것은. 읽고 배울수록 그의 빛나던 말에 깃들어 있는 어떤 자질들이(이것에 대해서 특정하지 않는 이유는 그를 평가할 자격이 제게 없다는 생각이 들어서입니다) 저를 괴롭게 만든다는 사실을 알아차렸습니다. 부연하자면, 그가 말하는 좋은 나라에 저의 자리가 없을 것이라는 예감 때문에 저는 서서히 그의 곁에 있고 싶지 않아졌습니다.

그렇지요?

당신의 나라에 저는 없었지요?

질문이 아니라 확인이지요. 강조이고.

제가 순종적인 종이 될 수 없으리란 사실을 그는 알았을 것입니다. 애초에 종이 너무 많아 제게 관심조차 없었겠지요. 그가 제 갑갑함을 근본적으로 해소할 수 없을 거라는 건 처음 본 순간부터 알고 있었지만, 막연한 기대를 걸었지요.

최소한 그가 여자와 어린이에게 공정할 거라는 기대를요. 하지만 고대 그리스에선 노예와 여자는 정치를 할 수 없었지요. 그는 고대 그리스에 살고 있었고요. 저는 고대 그리스인이 아니었고, 점점 더 웃을 수 없었고 화가 자주 났습니다. 제가 지나치게 예민했던 것일 수도 있지요. 그러나 자신의 현실을 예민하게 감지하는 이가, 누군가의 종이 될 수는 없는 법 아닌가요.

저는 그를 섬길 수 없었습니다.

그는 제게 아름다운 말에 닿는 법을 가르쳐주었습니다. 재미있는 것은 그가 가르쳐주고 싶지 않았을 게 분명한 것들까지 제가 배웠다는 것입니다. 제가 그에게 마음이나 정치를 배울 수 없을 거라는 사실 같은 것 말입니다. 그는 제게 아름다운 말을 하는 자를 관찰하는 법도 '의도치 않게' 가르쳐주었습니다. 원망하는 마음은 없습니다. 잘 배웠습니다.

"사랑은 언제까지든지 떨어지지 아니하나
예언도 폐하고 방언도 그치고 지식도 폐하리라

우리가 부분적으로 알고 부분적으로 예언하니

온전한 것이 올 때에는 부분적으로 하던 것이 폐하리라

내가 어렸을 때에는 말하는 것이 어린아이와 같고
깨닫는 것이 어린아이와 같고 생각하는 것이 어린아이와 같다가
장성한 사람이 되어서는 어린아이의 일을 버렸노라

우리가 이제는 거울로 보는 것같이 희미하나
그때에는 얼굴과 얼굴을 대하여 볼 것이요 이제는 내가 부분적으로 아나
그때에는 주께서 나를 아신 것같이 내가 온전히 알리라"

그가 추천한 이 책은 정말 질리지 않는 책입니다. 어디를 읽어도 새롭습니다. 그가 안녕히, 지내고 있기를 바랍니다. 정말로요. 그가 꾸준히 책을 내고 있다는 것을 이 글을 쓰며 검색으로 확인했습니다만 내키지 않아 읽어보지 않았습니다. 그의 추천으로 읽기 시작했으나 다 읽지 않은 책이 언제나 책장에 꽂혀 있다는 사

실도, 그의 책에 손이 가지 않는 이유에 한몫했습니다. 여하간 진심으로 안녕히 지내시기를 바라며, 그에게 저도 인용한 구절들을 빌려서 성경책을 추천하고 싶습니다.

아름다움이란 무엇일까요. 그때 아름답다고 생각했던 말들이 더이상 아름답지 않고, 그때 아름답지 않다고 생각했던 말들이 이제는 아름답게 느껴집니다. 언젠가 제가 그를 다시 만날 날이 올까요? 글쎄요. 일단 이 책을 마저 읽고 생각해보겠습니다.

시를 쓰고 싶으시다고요

초판 인쇄 2022년 12월 27일
초판 발행 2023년 1월 10일

지은이 김복희

책임편집 이희숙 변규미
편집 윤희영 이희연
디자인 최정윤
마케팅 황승현 김유나
브랜딩 함유지 함근아 김희숙 고보미 박민재 박진희 정승민
제작 강신은 김동욱 임현식

펴낸이 이병률
펴낸곳 달 출판사
출판등록 2009년 5월 26일 제406-2009-000034호

주소 10881 경기도 파주시 회동길 455-3
dal@munhak.com
dalpublishers

전화번호 031-8071-8683(편집)
031-8071-8671(마케팅)
팩스 031-8071-8672

ISBN 979-11-5816-160-6 03810